IBRAHIM-PACHA

À

La Contre-Opposition.

SATIRE

PAR M. L. BRAULT,

AUTEUR

DES POÉSIES POLITIQUES ET MORALES, ET DE LA PREMIÈRE AUX CORINTHIENS
SUIVIE D'UN QUART-D'HEURE DE COLÈRE.

PARIS

AMBROISE DUPONT ET Cⁱᵉ, LIBRAIRES,

ÉDITEURS DE L'HISTOIRE MILITAIRE DES FRANÇAIS PAR CAMPAGNES,

RUE VIVIENNE, N. 16.

1827

Imprimerie de J. Tastu.

IBRAHIM-PACHA

A

La Contre-Opposition.

IMPRIMERIE DE J. TASTU,

RUE DE VAUGIRARD, N. 36.

IBRAHIM-PACHA

A

La Contre-Opposition.

SATIRE

PAR M. L. BRAULT,

AUTEUR

DES POÉSIES POLITIQUES ET MORALES, ET DE LA PREMIÈRE AUX CORINTHIENS
SUIVIE D'UN QUART-D'HEURE DE COLÈRE.

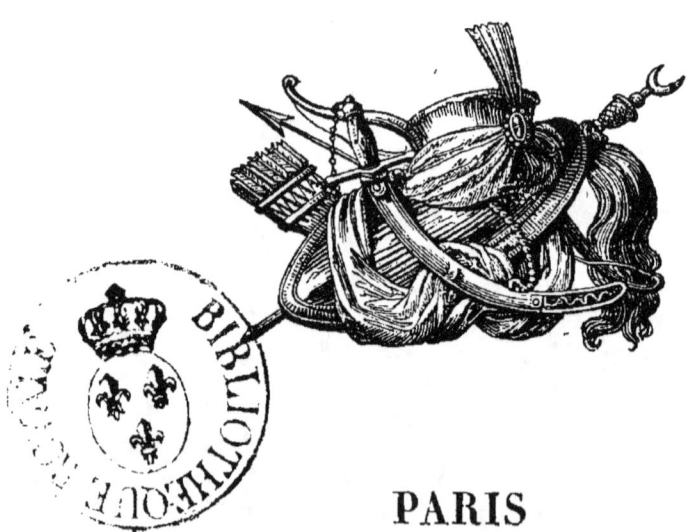

PARIS

AMBROISE DUPONT ÈT Cⁱᴱ, LIBRAIRES,

ÉDITEURS DE L'HISTOIRE MILITAIRE DES FRANÇAIS PAR CAMPAGNES,

RUE VIVIENNE, N. 16.

※

1827

PRÉFACE.

Ridiculum acri.........
Hor.

« Nous vivons dans un siècle où l'on a poussé
» fort loin le talent de s'arranger avec sa cons-
» cience. Nous ne manquons point de gens qui se
» disent, tout haut, qu'ils sont fort contens d'eux-
» mêmes, et qui se le disent en public. Riches et
» bien placés, ils prétendent que rien ne saurait
» les empêcher de remplir leurs devoirs. Pourquoi
» nous, pauvres et sans emplois, ne remplirions-
» nous pas les nôtres ? La patrie n'a-t-elle rien à
» réclamer de nous ? Si le temps du courage mi-
» litaire est passé, n'avons-nous pas à déployer

1

» toute la noblesse du courage civil? Il a bien son
» mérite ; il a bien aussi son utilité ; et jamais il
» ne fut plus nécessaire. Nous assistons à l'agonie
» de la pensée ; le bâillon est devant nos bouches ;
» nous n'avons qu'un moment ; mettons-le à pro-
» fit, et proférons du moins nos dernières paroles.
» Quelles qu'elles soient, elles auront quelque
» chose de saint et d'auguste : ce seront aussi les
» paroles de la mort ! »

Voilà ce que je me disais dans le secret d'une
ame blessée de tous les coups portés à mon pays ;
car la douleur a son énergie.

« Jamais, ajoutais-je encore, jamais nation fut-
» elle aussi méconnue, aussi outragée ? Jamais le
» sentiment de la justice et de la pudeur fut-il
» aussi ouvertement foulé sous les pieds ? Quoi !
» assaillis, calomniés, comme Français, nous se-
» rons en butte aux insultes les plus graves, les
» plus dédaigneuses, j'oserai dire les plus bru-
» tales ; ce sera peu de nous frapper, on nous hu-
» miliera, on nous traitera comme des barbares,
» comme des sauvages, on voudra nous traiter
» comme des nègres : et nous ne jetterons pas le
» cri du désespoir, et nous ne retiendrons pas un
» dernier souffle de vie pour protester contre
» l'oppression, pour faire entendre à ceux qui

» nous méprisent que nous leur rejetons leur mé-
» pris, et que notre haine, qu'ils veulent rendre
» muette, est le prix mérité de leur audace et de
» leur insolence? Non! chacune des minutes qui
» nous restent, jusqu'à l'accomplissement de leurs
» œuvres, doit être employée à leur châtiment. Il
» faut qu'ils écoutent et qu'ils tremblent; il faut
» qu'au moment où ils traitent la France comme
» le lion déchu, ils subissent devant elle les der-
» niers reproches de la vérité! »

Je me parlais ainsi; et, dans l'excès d'une indi-
gnation bien légitime, me constituant, pour ainsi
dire, l'exécuteur des hautes œuvres de la justice
littéraire, je me disposais à imprimer le fer rouge
de la satire sur l'épaule des spoliateurs de la liberté.
J'avais saisi ma plume; je la trempais dans le fiel
du terrible Juvénal : tout-à-coup ma mémoire me
rappelle le passage célèbre du malin Horace :

> Ridiculum acri
> Plerumque melius secat rem.

Ces mots ont un effet magique. Tout change de
face à mes yeux, et le drame auquel j'assiste ne
me semble plus qu'une comédie fort amusante. Je
ne m'arrête point aux tableaux, je perce au travers
des habits, je vois les fils qui font mouvoir les per-

sonnages, et j'admire que de si grands effets puissent venir de si petites causes.

Vanitas vanitatum !

Vanité des vanités ! C'est par elle que tout s'explique. Les amours-propres dorés sont terriblement chatouilleux, et l'Indifférence de Zelmire n'est peut-être pas étrangère à la première pensée de la loi de *justice et d'amour*. Des gens qui ont l'estomac de l'autruche, veulent imiter en tout ce bipède vorace, et se cachant la tête derrière l'arbre de la loi, ils pensent que, parce qu'ils ne pourront plus voir, ils ne pourront plus être vus. Hommes singuliers ! qui se font peur à eux-mêmes et qui crient à la calomnie, lorsqu'on ne leur dit pas plus haut que leur nom ! Eh ! Messieurs, soyez moins susceptibles. On vous l'a dit, la calomnie est peu de chose : il n'y a de dangereux que la médisance. Pourquoi ne parlerait-on plus de vous ? Arrangez-vous de façon à ce qu'il n'y ait rien que d'honorable à en dire. Pour moi, si l'on disait, si l'on imprimait que j'ai voté contre ma conscience et que j'ai préféré ma place à mon honneur, je n'en serais pas affecté le moins du monde, je me contenterais du témoignage de ma conscience, et

je ne dérangerais pas messieurs du parquet pour
cela.

Mais la vengeance est le ragoût des dieux. La
presse a fait rire aux dépens de tout notre Olympe ;
il faut qu'elle soit foudroyée. On ne trouve point
assez de carreaux pour écraser la gaieté française,
cette mère féconde des épigrammes , des vaude-
villes, des noëls mordans qui eurent toujours droit
de bourgeoisie à la ville et même à la cour. Y
pensez–vous, hommes d'autrefois ? Autrefois, ne
disait–on pas que le gouvernement, en France,
était une monarchie absolue tempérée par des
chansons ? Ne nous faites pas une condition pire
que celle du passé, et rendez–nous le droit naturel
de la chanson, si vous nous reprenez les droits
concédés de la Charte. Oui, qui que vous soyez, ô
vous qui voyez l'abus dans l'usage et la licence
dans la liberté, c'est à vous que je m'adresse,
hommes du pouvoir présens ou futurs, ministres
en blé ou en herbe, si vous avez l'art de vous sous-
traire à la responsabilité de vos actes, vous n'é-
chapperez point à celle de vos ridicules. Vous avez
beau faire : la bonne plaisanterie est une plante
indigène sur le sol de la France ; nous ne l'en lais-
serons point arracher ; elle ne s'y flétrira jamais.
Malgré vous, nous resterons Français, et nous vous

le prouverons en nous moquant de vous. Nous nous en moquerons en vers, en prose, aujourd'hui, demain, un mois encore : et, lorsqu'il ne nous sera plus permis de nous confier au papier, imitant ce barbier de la Fable, nous creuserons la terre et nous chargerons les roseaux de vous dire :

Midas, le roi Midas, a des oreilles d'âne.

IBRAHIM-PACHA

A

LA CONTRE-OPPOSITION.

Nota. Si l'on me demandait comment Ibrahim-Pacha peut connaître, au jour le jour, tout ce qui se passe à Paris ou en France, et savoir sur le bout du doigt l'histoire, la politique, les lettres et les arts, je répondrais qu'il peut fort bien avoir aussi son ange Gabriel. Mahomet n'a-t-il pas eu le sien ? Et puis, nous voilà revenus aux siècles des miracles. M. de Hohenlohe, cousin du nouveau maréchal de France, n'en fait pas d'autres.

Qu'on me permette ici une petite anecdote.

Dans une des plus jolies villes de France, un fonctionnaire, chargé de recueillir les deniers publics, avait une épouse fort aimable, et faisant de sa langue aussi bon usage que femme qui soit au monde. Tout-à-coup la parole lui est enlevée. On s'adresse au bienheureux prince allemand. D'après ses conseils et avec sa bénédiction, une neuvaine est commencée. Elle se poursuit, et, le neuvième jour, tout juste, la muette improvisée, interrompant l'office divin, s'écrie : « Je parle ! je parle ! je parle ! »

Personne n'en a pu douter. Mais les mauvais plaisans du lieu ont prétendu que le miracle eût été plus surprenant si la dame eût perdu tout-à-fait la parole ; et les observateurs ont remarqué qu'il est resté incomplet, puisque le mari n'a point obtenu de recette plus considérable.

PREMIÈRE PARTIE.

PREMIÈRE PARTIE.

Le 26ᵉ jour de la lune de Gioumadi 2ᵉ, l'an de
l'hégire 1242. (25 janvier 1827.)

A vous dont la vertu, quittant la voie étroite [1],
Régnait dans l'Aristarque et commande à la Droite,
A vous fermes soutiens des débris du passé,
A vous qui voudriez voir la Charte *in pace* [2],
Et qu'eussent anoblis, à défaut d'armoiries,
L'échec du cinq septembre et les catégories [3],
A vous qui, veufs encor de monsieur Delalot [4],
Avez sans votre Ajax attaché le grelot,
A vous en qui le Tage, en qui Mont-Rouge espère,
Salut!..... Mes bons amis, je suis fils de mon père,
De ce bénin Pacha, qui vous porte en son cœur;

Je suis l'effroi des Grecs et presque leur vainqueur,
Et n'ai pas moins que vous une ardeur réfléchie
Pour la religion et pour la monarchie.
Que dis-je ? quelquefois je me prends, *in petto*,
A murmurer tout bas : Vive le Roi Netto [5] !
Et de mon gosier turc soulevant la soupape,
Ce cri m'est échappé : Vivent Rome et le Pape !
Ce n'est pas sans motifs. Dans la sainte cité
Pour le schisme rebelle on n'a jamais quêté,
Et le bon Ferdinand n'a point dans leur détresse
Aidé d'un seul réal [6] ni la Croix, ni la Grèce.
Les temps sont durs. Béni soit le saint nom d'Alla !
Pour nos péchés, sans doute, il a permis cela :
Une folle raison exaltant nos esclaves
Se moque des divans et se rit des conclaves [7].
On la trouve partout. Ses efforts imprudens
Ont mis quatre à cinq fois les congrès sur les dents [8],
Et l'occupation Gauloise ou Germanique
Contre sa voix encore est le remède unique.
Oui, le peuple, en tous lieux, prêt à s'émanciper,
De ses droits insolens prétend nous occuper ;
Il examine, il juge, il compare en silence ;
Il se mesure à nous, il met dans la balance
Ses travaux, nos loisirs, ses maux, nos voluptés :
Déjà ces Songe-creux se sont vus et comptés,
Et voulant, à leur gré, disposer de leur vie,
De nous fermer leur bourse ils auraient bonne envie :
Nous prendre par la faim voilà leur grand projet.

Mais j'ai mon sabre, et vous, vous avez le budget [9] !

Chers, amés et féaux, notre cause est la même.
L'argent, voyez-vous bien, résout un grand problême.
Le pouvoir n'est qu'un mot, lorsqu'il est indigent ;
Le secret du pouvoir, le pouvoir, c'est l'argent !
Je n'en dirai pas plus. Vous devez me comprendre :
Le peuple a de l'argent, c'est à nous de le prendre.
Quant aux moyens, cherchons ! Le meilleur, selon moi,
C'est de l'escamoter par les mains de la loi.
Son efficacité ne peut être équivoque :
Il rentre dans les goûts et les mœurs de l'époque.
On n'aime plus, hélas ! comme on aimait jadis,
Les lettres de cachet, les firmans, les édits [10].
Le peuple veut des lois et non des ordonnances.
Faites-lui donc des lois, mais des lois de finances !
Faites-les au galop : le temps est précieux.
De quelques chicaneurs bavards et pointilleux
Gardez-vous d'écouter la troupe famélique.
L'ordre qu'ils prêchent tant n'est point apostolique ;
A l'aristocratie il ne peut convenir ;
Vérifier toujours c'est à n'en point finir ;
Et serait-il séant aux Marquis, aux Vicomtes
De se salir les yeux sur le chiffre des comptes ?
Au total, au total ! et sans réflexion,
Votez le milliard par acclamation.
Votez et l'on paîra. Vous n'avez rien à craindre.
De l'urne de Ravez [11] nul n'oserait se plaindre ;

Et quand on s'en plaindrait, on aurait tort. D'ailleurs,
L'aiguillon de l'impôt presse les travailleurs.
Enlacés, étouffés de légales étreintes,
Ils baisent les genoux des porteurs de contraintes,
Et de leur libre arbitre ils restent convaincus,
Quand c'est légalement qu'on leur prend leurs écus.

Ce moyen est parfait. Exempt de tyrannie,
Il n'a rien de commun avec notre Avanie [12];
Il ne demande point de percepteurs armés;
Les Vilains, qu'il poursuit, n'en sont point alarmés;
Il n'effarouche point la matière imposable;
Il ouvre à la saisie un champ inépuisable,
Et vous épargne ainsi le parti hasardeux
D'empaler, pour l'exemple, un misérable ou deux [13].

Je ne m'en dédis point : l'instrument est commode.
Je voudrais qu'en Égypte on le mît à la mode.
Son Altesse, mon père, y pourra bien penser;
Mais elle a par malheur des soldats à dresser :
Tous ses momens sont pris. Ce Pacha philantrope
Du rivage africain, interrogeant l'Europe,
Et fier de mériter votre approbation,
A mis sur ses drapeaux : Civilisation !
Pour rendre au fleuve antique, à ses rives aimées
Les jours des Sésostris et ceux des Ptolémées,
Pour nous civiliser, avec vos envoyés
Ces braves renégats doublement soudoyés [14],

Il se forme à peser d'héroïques syllabes,
A montrer l'exercice aux grenadiers Arabes,
Aux voltigeurs-Fellahs à crier : demi-tour !
A changer en dragons les nègres du Darfour,
Et, du Corse tombé.posthume camarade,
A voir, tous les matins, défiler la parade.
Hélas ! s'il n'était pas chargé de tant de soins ;
Aux novateurs Whabis [15], aux maraudeurs Bédouins,
Pour maintenir la foi, ferme, exacte et sans tache,
S'il n'était pas forcé d'arracher la moustache ;
S'il n'était pas contraint de tenir en échec
Le cordon du Sultan et la torche du Grec [16] ;
S'il n'avait pas enfin mon armée à refaire ;
Il eût bien autrement arrangé son affaire.
Si, même, d'Israël le Gascon bien-aimé,
De l'ardeur de la Bourse un peu moins enflammé,
Avait pu du parquet [17] détacher sa pensée ;
S'il eût voulu nous tendre une main plus sensée,
Et qu'il eût remplacé, d'un esprit moins distrait,
Le marquis de Livron par monsieur d'Audriffret,
Libre de se rasseoir et de se reconnaître,
Mon père, en peu de jours , eût appris d'un tel maître
Combien la circulaire [18] est d'un effet puissant ;
Initié bientôt dans l'art du Trois pour cent,
Il aurait sur le Nil importé les deux Chambres,
Et, d'un pilau [19] bien gras farcissant tous les membres,
Grâce à leur estomac largement distendu,
Il aurait, comme un autre, un budget bien dodu.

Ne vous-y trompez pas, ce serait un Pactole;
Cela surpasserait notre vieux monopole,
Qui fait, en donnant même un lucre assez méchant,
Du palais une échoppe et du prince un marchand.
J'en ai rougi vingt fois; car soit dit sans scandale,
Je me sens d'une humeur tant soit peu féodale,
Et n'ai d'un roturier ni l'esprit, ni les goûts :
Cela fait justement que je m'adresse à vous.
Que voulons-nous?... Jouir! jouir comme il importe
A des gens comme il faut et faits de notre sorte,
Que le destin n'a point fabriqués au hasard
Et que le ciel pétrit d'un limon pris à part.
Nous voulons, au milieu du luxe et des délices,
Bien chamarrés de Croix, bien chargés de Pelisses [20],
Savourer les honneurs et vivre noblement;
C'est-à-dire, s'il faut catégoriquement
Nous expliquer en face et devant la canaille,
Vivre sans travailler et plumer qui travaille :
Tels sont bien nos désirs, si je réponds *ad rem*,
A vous dans vos salons, à moi dans mon harem [21].

Il est doux, en effet, dans l'ombre et le silence,
De laisser mollement aller son indolence
Sur de riches tapis tissus de pourpre et d'or;
Il est doux de mêler sur un front jeune encor
Le feu du Visapour aux plis du Cachemire,
De respirer l'encens, le cinamme et la myrrhe;
De songer vaguement, de consumer le jour

Dans ce demi-sommeil qui prépare à l'amour,
Ou dans ce long plaisir d'aspirer la fumée [22],
Qui s'épure en courant dans une eau parfumée;
Il est doux de se voir d'esclaves entouré,
De prendre de leurs mains un moka bien doré,
D'apaiser, devant eux, la soif qui nous altère,
En humant des sorbets la fraîcheur salutaire,
Et, quand des minarets descend le chant du soir,
De relever la tête, en jetant le mouchoir
Aux vierges de la Grèce ou de la Circassie,
Sans craindre rien, qu'un coup de cette apoplexie
Dont le Fetfa [23] sacré menace les Pachas.

Il est bien doux aussi d'étaler des crachats,
De beaux habits brodés, un train, des équipages,
Des laquais, un chasseur, puisqu'on n'a plus de pages;
Il est doux, à la fin d'un jour bien agité
Par une monarchique et sainte activité,
De venir retrouver le repos et la joie
Sur le mol édredon qu'enveloppe la soie,
De déboucher gaîment la prison de cristal
Où pétille l'ardeur du jus occidental,
D'arroser d'un nectar, qui mousse et qui circule,
Du Périgord fumeux le puissant tubercule,
Et de laisser courir les soins du cabinet
Glacés par Tortoni, sifflés par Collinet [24];
Il est doux d'admirer à l'éclat des bougies,
Des nymphes par l'amour, par Houbigant rougies [25],

Et même quelquefois de pousser un houra
Jusque sur les vertus qu'on garde à l'Opéra [26] :
C'est ainsi qu'on peut voir les jours luire et s'éteindre
Sans peines, sans dégoûts, sans avoir rien à craindre,
Si ce n'est, par hasard, la suffocation,
Qui naît des embarras de la digestion.

Mais un destin si grand, une si noble vie,
Chez vous, comme chez moi, sont un objet d'envie ;
Dans bien des intérêts ils ont des agresseurs,
Et ce n'est pas pour rien qu'on a tant de douceurs.
Tout se paie aujourd'hui : les voluptés sont chères.
La concurrence a mis le bonheur aux enchères,
Et la cupidité de badauds mal appris
A fait hausser l'article et le tient hors de prix.
Il faut donc de l'argent : c'est le nerf de la guerre.
Point de grandeur possible à ceux qui n'en ont guère.
Le privilége est nul, plus d'arrêts de conseil [27] !...
Il faut, pour emprunter, de bons biens au soleil ;
C'est la bourse à la main que l'on fait ses emplettes ;
Et, fût-on né Marquis, il faut payer ses dettes :
C'est gênant ! Le désordre, objet de vos douleurs,
Qui jusque sur le Nil porta les trois couleurs,
La Révolution, puisqu'il faut qu'on la nomme,
A, devant les écus, fait l'homme égal à l'homme,
Et mettre ainsi le noble et le manant de pair,
C'est ce que son passage a laissé de plus clair.
Toutefois, point d'humeur !... Examinons les choses,

Et parons à l'effet, sans remonter aux causes.
Dissimulons, surtout. Dissimulons!... Voilà
Comment les dignes fils de feu saint Loyola,
Pareils à des roseaux plians sous la tempête,
Sont, après soixante ans, remontés sur leur bête.
Eux seuls, frappés aussi du terrible jamais [28],
N'ont point douté du ciel ni désespéré.... Mais,
Redoutés, en tous lieux, comme un reptile immonde,
Chassés et repoussés de tous les coins du monde,
Avant de ressaisir plus ferme qu'autrefois
Le sceptre ignorantin brisé par tant de lois,
Avant de ressurgir de leur cendre immortelle,
Pour remettre le peuple et les rois en tutelle,
Avant de recevoir les complimens polis,
Qu'adresse à leurs vertus monsieur d'Hermopolis [29],
Avant de voir si haut exalter leur science,
Combien a-t-il fallu montrer de patience,
Recourir hautement à la salamalec,
Oter le cuir bouilli de monsieur Kéranflec [30],
Et raccourcir les plis de la robe allongée?
Aujourd'hui les voilà presqu'à leur apogée,
Au confessionnal trouvant un coffre-fort,
Exploitant largement la frayeur de la mort,
Et, gonflés d'un succès plus grand que leur attente,
Quittant l'humble surnom d'Église Militante.
C'est ainsi qu'ils ont su, fiers, souples ou câlins,
Peser de tout leur poids sur le dos des Vilains.

Nous pourrions tout comme eux écraser la séquelle ;
Il nous faut des écus ; transigeons avec elle.
Elle a des goûts nouveaux ; son siècle les lui fit :
Au lieu de les heurter, mettons-les à profit.
Pauvres gens ! A leur gré qu'ils rêvent de réformes !
Contentons-nous du fond, s'ils ont assez des formes :
N'allons pas sur leurs droits courir de but en blanc ,
Et de leurs libertés [31] laissons-leur un semblant.

Je fais de cet objet mon étude constante.
De mon sopha jadis, aujourd'hui de ma tente,
Je regarde et je suis d'un œil méditatif
Le système légal et représentatif.
Il n'est pas si mauvais ; j'en appelle à vous-mêmes.
Ne lui devez-vous rien ? Si tous les vieux systèmes
Étaient restés debout, s'ils avaient prévalu,
Si vous aviez encor le pouvoir absolu,
Où seriez-vous ; parlez, vous, nobles de province,
Vous, nés loin de la cour et des regards du prince ?
Où vous aurait conduits quelque peu de blason ?
Dans les plaisirs bourgeois de quelque garnison.
Balancés à l'étroit, comme à l'escarpolette,
Après avoir vingt ans promené l'épaulette,
Au lieu de vous mirer dans l'éclat d'un hôtel,
Vous seriez enfouis au fond d'un vieux castel.
Légers de pensions, vides de sinécures,
Et chassés par l'ennui de vos salles obscures,
Vous iriez, l'arme au bras, apprentis hobereaux,

Tirer de temps en temps votre poudre aux moineaux,
Et vous auriez peut-être, au retour de la plaine,
Un souris de Suzette ou de la Châtelaine,
La fortune du pot, le vin tout frais tiré,
Et le cent de piquet de monsieur le Curé.

Mais vous êtes élus : c'est une autre existence.
Cela vous donne un rang, du poids, de l'importance.
Vous êtes caressés dans vos Départemens.
Arrivés à Paris, tout n'est qu'enchantemens ;
Les emplois, les faveurs sont votre point de mire ;
La France vous connaît, vous juge et vous admire ;
Vous fabriquez des lois quand c'est votre plaisir ;
Vous avez des dîners et des croix à choisir ;
Vous allez au Château ; vous parlez aux Ministres ;
Vous... Mais pourquoi ces yeux lançant des feux sinistres?
Aurais-je, en retraçant un fidèle tableau,
Lâché le sanglier dans le cristal de l'eau [32] ?....
« — Il est de ces chagrins que l'on ne saurait taire,
Et nous haïssons fort, non pas le ministère,
Dieu nous en garde, mais les Ministres. — Bon Dieu !
A la vieille alliance avez-vous dit adieu ?
Dix-huit cent quinze est-il si loin de vos mémoires ?
Pouvez-vous oublier et les communes gloires
Et les communs désirs ? — « Ils les ont tous trahis. »
— Eux, les sauveurs du trône? Eux, l'espoir du pays?
Eux, quand, pour consoler la ligue un peu marrie,
Ils ont eu le dessein d'allonger la Pairie ?...

Hélas! naguère encor, dans vos dissentimens,
Vous conserviez du moins quelques ménagemens.
Si quèlqu'hostilité perçait dans vos harangues,
Vos boules réparaient les fautes de vos langues.
Contre eux vous opiniez : vous votiez avec eux.
Pourquoi redoublez-vous ces transports belliqueux?
« — C'est qu'ils ont fait plier la rigueur des principes. »
— Passez un peu d'adresse à de nouveaux Philippes.
« — Mais ils sont éternels! » — Patience, on verra :
Espérez tout du ciel, du temps *et cætera*.......
Tout vient à point d'ailleurs à qui sait l'art d'attendre.
Et quand ce Grand-Visir, plein d'une ardeur si tendre
Pour les charmes cachés qu'il connaît au trésor,
S'efforcerait en vain de les choyer encor ;
Quand il ferait sans fruit, pour conserver la place,
Des porteurs de rochet [33] une levée en masse;
Quand même il tomberait : qu'en résulterait-il?
Avez-vous pris le mot de monsieur de Latil ?
Êtes-vous assurés de pouvoir, sous l'étole,
Mettre la Charte bas aux pieds du Capitole,
Et de démanteler, au gré du Vatican,
Les pauvres libertés du peuple Gallican?
Non, non! Le seul Allah, monté sur les étoiles,
Des temps qui ne sont pas sait percer tous les voiles.
Acceptons l'avenir ainsi qu'il nous viendra :
On sait ce que l'on tient et non ce qu'on tiendra.
Le ministère enfin est pis qu'une galère!...

Laissez donc, à ma voix, tomber votre colère.
Écoutez la raison. Mais quoi ! vous rougissez ?
Pareils à ces oiseaux sur leurs ergots dressés,
Dont la crête s'allonge et de pourpre s'enflamme,
Vous livrez sans combat les forces de votre ame
A l'aiguillon grossier de l'instinct animal ;
Vous avez de l'humeur : voilà d'où vient le mal.
Votre injuste dépit poursuit Leurs Excellences !....
Hélas ! si du pouvoir soutenant les balances,
Leur main penche un peu trop, c'est de votre côté :
Et vous portez atteinte à leur intégrité !
Leurs œuvres devant vous ne restent point intactes ;
Vous épluchez leurs mots, vous disséquez leurs actes ;
Vous en mettez l'audace ou l'astuce en couleur,
Et de l'autorité vous leur gâtez la fleur !
Quel zèle y tiendrait ?... Oui ! vous avez tort, vous dis-je.
Tout Ministre n'est pas forcé d'être un prodige.
A quoi sert d'avouer à ce peuple méchant
Que monsieur de Damas n'est pas assez tranchant,
Que monsieur de Chabrol est un marin d'eau douce,
Qu'Hermopolis faiblit, qu'il se défrayssinousse,
Que son mielleux amour, par la pourpre excité,
Préfère la barette [34] à l'Université,
Que l'écran filial de monsieur Doudeauville,
Sosthène, est le plastron des brocards de la ville,
Que monsieur de Corbière, affamé de sommeil,
Les yeux toujours gonflés, y voit trouble au réveil,
Que monsieur de Clermont, guerrier fort débonnaire,

En pétard inutile a changé son tonnerre,
Que monsieur Peyronnet est un peu trop moral,
Et monsieur de Villèle un peu trop libéral [35] ?

Je ne saurais nier que l'un, avec emphase,
Jetant le mot sonore et cadençant la phrase,
Superbe, et sous la moire [36] avec art dessiné,
N'ait un peu trop l'accent du pays de Laîné ;
Ma foi de musulman veut que je vous accorde
Que son savoir d'emprunt laisse un peu voir la corde,
Et que, pour peu qu'on soit plus Français qu'il n'est Grec,
Avec le bulletin [37] on lui ferme le bec ;
La vérité m'oblige à confesser encore
Qu'assis sur le trépied, en Sybille il pérore [38],
Et que de son ballon plein d'air sophistiqué,
Il ne sort que du vent, sitôt qu'il est piqué ;
Sauf le respect profond que Sa Grandeur m'impose,
Je conviens que ses vers sont meilleurs que sa prose [39],
Et qu'on sue à chercher sous son verbe éclatant
Ce génie inconnu dont il est si content [40].

Mais que fait tout cela ? Je dirai plus, qu'importent
Les chroniqueurs maudits et tout ce qu'ils rapportent ?
N'est-il plus de secret ? N'est-il donc pas hideux
De trouver un miroir dans chaque in-trente-deux ?
Saurait-on sur ce point se montrer trop sévère ?
Qui pourrait s'arranger d'une maison de verre [41] ?
Ah ! le marbre est plus sûr pour ces jolis péchés

Que le pardon absout, quand ils sont bien cachés.
L'homme n'est point parfait. Sa Grandeur est un homme.
Que d'autres de ses biens interrogeant la somme,
Fouillent dans ses cartons, suivent dans ses châteaux
L'origine et l'emploi de ses grands capitaux :
Des épargnes, je pense, aux vertus sont permises.
La simarre [42] c'est bien ; mais il faut des chemises [43] !
Nous, laissons l'homme pur sur son siége affermi.
Qu'il y reste cloué. Passons à son ami.

Je ne soutiendrai pas que cet autre homme juste
Ait la bouche sonore et l'action auguste,
Ni que, malgré le sel jeté dans ses discours,
On puisse les trouver ni trop pleins ni trop courts ;
Mon zèle ne saurait aller jusqu'à prétendre
Qu'à moins de pâmer d'aise on ne puisse l'entendre,
Et que de ses calculs le chiffre médité
Éblouisse les yeux par sa lucidité ;
Je ne défendrai pas la franchise luronne [44],
Qu'il apporta, dit-il, des bords de la Garonne,
Et même j'avoûrais, si l'on m'en pressait bien,
Qu'il croit répondre à tout et ne répond à rien,
Que le goût du terroir trahit son air modeste,
Que la vérité fuit les grâces de son geste,
Qu'un peu du Capucin perce dans son débit,
Et qu'il en a le ton, s'il n'en a pas l'habit.

Mais ces misères-là sont de peu d'importance.

Que ne va-t-on aussi fouiller son existence,
Et que ne laisse-t-on quelque Prote impoli
Dénoncer les splendeurs du palais Rivoli?
Eh bien, soit! Des pamphlets que l'indélicatesse
Jusque dans son boudoir relance la Comtesse,
Et trouble le bon Faure [45] au potager frugal :
Tout ce tapage obscur au Comte est fort égal.
Il n'a qu'un mot à dire : à la Bourse il spécule.
Il vous expliquera tout son petit pécule
Et les vingt mille écus tirés du pot au noir,
Pour acquitter le prix de son petit manoir [46].

Qu'avez-vous à cela d'équitable à répondre?
Si la poule aux œufs d'or chez lui se plaît à pondre!....
Quelques sacs de louis recueillis doucement
De votre inimitié ne sont pas l'aliment.
Vous n'êtes pas jaloux. Ce qui vous importune,
C'est de voir sans façon exploiter la tribune
Par ce couple d'amis, peut-être un peu diserts,
Et qui d'être plaisans se sont donné les airs.
Vous ne voyez donc pas qu'ici tout se balance.
Les six autres, du moins, troublent peu le silence;
Et même il en est un dont il faut louer l'art :
Sauf l'immortalité, c'est un autre Conrart [47].

Que les deux éloquens parlent tout à leur aise!
Ils savent leur terrain quand ils poussent leur thèse.
Que ne vous mettez-vous à leur diapazon?

L'ennui qui vous saisit n'est pas une raison.

De leurs plans il se peut que, parfois, une ébauche

Ait glissé sur la Droite et l'extrait de la Gauche;

Vous avez pu dormir; mais il est arrivé

Qu'ils aient eu le dessous par assis et levé?

Le génie est plus sûr de l'emploi de ses veilles;

Et les trois cents du ventre ont toujours des oreilles!

Voilà mes vrais héros! Cœurs francs, Hommes de tact!

Un ensemble parfait, un bataillon compact [48]!

Leurs votes ne sont pas jetés à croix ou piles.

Nouveaux Léonidas, ils ont leurs Thermopyles;

Non ceux que je connais; mais ce sentier glissant,

Ce passage escarpé, qui part du Trois pour cent,

Longe le Sacrilége et va jusqu'à la Presse :

Je les aime beaucoup : ils aiment peu la Grèce!

Contre de tels soldats enflés de vieux succès

Monsieur de Montlosier est un pauvre Xercès [49].

Qu'il ose de sa plume, impuissante relique,

Fouetter, non pas la mer, mais l'œuvre apostolique;

Qu'au lieu de s'attaquer au sommet de l'Athos

De l'*In-partibus* même il tranche le pathos;

Que Salgues [50], son satrape et nouvel Artabaze,

Du Mont-Géant aussi vienne gratter la base :

Traînassent-ils tous deux, réunis en faisceau,

Autant d'esprits gâtés par Voltaire et Rousseau,

Autant de Jacobins [51], autant de Jansénistes [52],

Qu'il est d'Abbés en France et de Congréganistes,

Des Chevaliers ventrus l'escadron aguerri

Les mettrait en déroute, en répétant son cri :
Jadis c'était Mont-Joye! aujourd'hui c'est Mont-Rouge!
Tout le monde est présent et personne ne bouge,
Que cinq heures un quart n'aient à moitié sonné
Et n'unissent leur timbre au timbre du dîné.
Mais ce n'est pas pour eux un moment d'inertie.
La table a ses travaux. C'est là qu'on négocie,
Qu'on achète et qu'on vend. Ces piliers de l'État
D'un vote bien placé savent le résultat.
On en pourrait citer [53] qui, se moquant du blâme,
Ont trois ou quatre fois trafiqué de leur ame.
Ils n'en dînaient que mieux. Quand leur ambition
A fait avec l'honneur sa liquidation,
Pour produit le plus net, s'ils ont trouvé la honte,
Ils n'ont pas refusé le reliquat du compte.
Hélas ! naguère encor ils grossissaient vos rangs.
Romains contre Romains, parens contre parens [54] !....
Je m'arrête. Mon sang dans mes veines se fige.
Quoi ! le Centre de droite et la Droite en litige ?
Quoi ! sans vous reconnaître et vous apitoyer,
L'amendement au poing [55], vous allez guerroyer ?
Sans écouter la foi, les égards, la nature,
Vous allez vous pourfendre à grands coups de clôture [56] ?
Vous allez, juste ciel !... Poursuivez, inhumains!
Pour moi, le roseau glisse et me tombe des mains [57].

DEUXIÈME PARTIE.

DEUXIÈME PARTIE.

Le 22e jour de la lune de Regeb, l'an de
l'hégire 1242. (19 février 1827.)

QUE bénis soient la barbe [1] et le nom du Prophète !
La prière achevée et l'ablution faite [2],
Amis (car tout dévot doit en user ainsi),
Je reviens au sujet qui causait mon souci.
Dans son égarement votre cœur persévère !
Eh bien ! j'aurai le droit de me montrer sévère.
Je gronderai bien fort, je tonnerai. Comment ?
La discorde est toujours dans le camp d'Agramant ?
Pour désorganiser l'élite du royaume,
Elle a planté sa tente à la place Vendôme ;
Et là, de tous côtés, soufflant tous ses poisons,

Elle a changé Paris en petites maisons.

A l'heure où dans ses draps on est si bien encore !
Avant qu'un demi-jour amené par l'aurore
De la soie élective ait percé les rideaux,
Au son retentissant du clairon de Bordeaux ;
Je vois des bons élus surgir la kyrielle ;
La gent apostolique ou ministérielle,
Sans se donner le temps de prendre son café,
Court assiéger Ravez dans sa loge étouffé [3].
C'est à qui s'inscrira sous ce grand formaliste.
Des noms unis quinze ans se choquent sur la liste ;
Les défis sont portés ; au milieu du concours,
Le discours manuscrit menace le discours ;
Le Servile se range en face du Servile ;
Ce n'est plus un combat : c'est la guerre civile !
Insensés, voyez donc le souris papelard
De Benjamin Constant et de Royer-Collard !
Au symptôme évident d'une haine intestine
Perrier aiguise encor les coups qu'il vous destine,
Et s'apprête à frapper et de taille et d'estoc,
De Ronsin à Franchet, de Franchet à Vidoc [4].
Tous ces gens à savoir, tous ces gens de négoce,
Tous ces industriels n'aiment que plaie et bosse ;
Et je les trouve au mal (hélas ! et je m'y perds)
Affriandés encor par l'exemple des Pairs [5].
Ah ! lorsque du Sénat la gloire est obscurcie,
Gardez du moins l'esprit de l'Aristocratie,

Laissez aux plébéiens, toujours prêts à parler,
Le plaisir de tout mordre et de tout contrôler.
S'ils étaient moins bavards, qui voudrait les élire?
Mais que vous fait, à vous, que le peuple ait à lire?
Pourvu qu'il chante et paie et conserve ses mœurs,
Il suffit : moquez-vous de ces sots d'Imprimeurs.
De la pétition qu'ils courent la carrière!
Quand ils seraient têtus plus que Simon-Lorrière [6],
La réponse est trouvée ; on a l'ordre du jour [7].
Courage! frappez fort : que chacun ait son tour!
Vous verriez à genoux le Prote et ses épreuves,
Les rames de papier pâles comme des veuves,
Le texte, la gaillarde et jusqu'au cicéro,
Que je vous prescrirais de leur crier : Haro!
Leur contact a l'effet de l'ongle des Harpies,
Et l'aveugle pitié sied mal aux ames pies.
Le mieux est, quand on sait le fin du droit canon,
D'avoir, au lieu de cœur, un boulet de canon.
Méditez des Cadis la loi municipale :
On imprime fort peu, chez nous ; mais on empale.
Nous avons su borner la lecture au Coran.

Pour vous, dans vos conseils de quatre mois par an,
Si l'opposition que vous avez en vue
Est forte de logique et de raison pourvue,
Si son emploi subit est un nouveau calcul,
Pour accélérer l'œuvre et hâter le recul,

Faites-en à propos l'innocente grimace ;
Mais, demi-tour à droite, et serrez-vous en masse !

Vous tromperez, sans doute, un groupe d'insensés
Par un froid à transir sur vos portes pressés ;
Mais Molina[8] défunt revit dans les bons pères ;
Ils changeraient en miel tout le fiel des vipères ;
Leur morale est facile et ne tracasse pas :
Vers le faubourg d'Enfer, osez porter vos pas.
Vous verrez le refuge où de crime et de blâme
Avec un mot ou deux on peut se blanchir l'ame,
Et, récurés à fond, vous reviendrez dispos,
La conscience à vide et l'esprit en repos.
Oh ! qu'un bon *peccavi* peut effacer de fautes !
Déjà le banc de face[9] est garni de ses hôtes ;
Le Minîstère est là ; ses bras vous sont ouverts.....
Mais rien ne vous corrige. Un regard de travers
Me prouve derechef que j'ai perdu mes peines,
Et qu'un mauvais levain bout encor dans vos veines.
Il faut donc revenir à la sévérité :

Vous êtes bien plaisans, Messieurs, en vérité.
De ces hommes d'honneur qu'on doit louer et craindre,
Des ministres enfin est-ce à vous de vous plaindre ?
Ingrats ! vous oubliez, mais je m'en souviens, moi,
Les petits Comités, les Procureurs du roi,
Et messieurs les Préfets dont le zèle impayable
Une seconde fois a trouvé *l'introuvable*.[10]

Ce zèle de plus haut n'était-il pas venu?

Qui donc a mis, pour vous, le fond du sac à nu?

Qui donc, pour assurer la marche rétrograde,

Par-dessus le mépris de ce peuple malade [11]

S'est donné le plaisir de sauter à pieds joints?

Qui donc a, sous vos yeux fermés à tant de soins,

Emprunté d'Escobar la sainte expérience [12],

Son art de transiger avec la conscience,

Et de justifier les moyens par la fin?

Qui donc a fait lutter l'honneur avec la faim [13]?

Qui donc vous a fait voir comment on manipule

Le refus, le dégoût, la honte et le scrupule?

A tout respect humain qui donc a renoncé?

Qui donc a cajolé, prié, pressé, poussé,

Menacé de propos ou d'augures sinistres,

Destitué surtout, si ce n'est les Ministres?

Voilà sonder le mal et trancher dans le vif.

On n'est pas à la fois plus ferme et plus naïf.

Mais le grand jour n'a rien dont la vertu s'étonne.

Corbière en est la preuve. A sa candeur bretonne

On a remis l'essai du mot presque imprudent

Échappé par mégarde au Gascon-Président,

Et le pudique aveu d'un excès profitable [14],

A montré comme on doit jouer cartes sur table [15].

Quelques sifflets..... Mais chut! si vous avez du cœur.

Le public, en payant, peut être un peu moqueur:

Le sifflet des Vilains vaut mieux que leur suffrage;

Mais de nobles sifflets auraient l'air d'un outrage.

Que du devoir étroit follement entêté,
Un benêt, dont le cœur gonflé de probité
Accepta la misère et refusa l'opprobre,
Se vante d'être libre et soit fier d'être sobre ;
Qu'il abjure la truffe au fumet séducteur ;
Qu'il soit du vin du crû l'humble dégustateur ;
Que, logeant au grenier sa chétive industrie,
Il n'ait d'autre plaisir que d'aimer la patrie ;
Il peut lever un front qu'il n'a point avili,
Et faire, en flagellant le moderne Sully [16],
Au nouveau L'Hôpital avaler des couleuvres [17] :
Mais, vous, d'un œil plus juste examinez leurs œuvres.
Voyez si vous chômez de bons projets de lois ;
Si vous avez le temps même d'aller aux voix,
Et si l'activité d'un feu si légitime
N'est pas pour Nosseigneurs un titre à votre estime ;
Interrogez les nuits dont ils ont fait des jours :
Que n'ont-ils pas tenté pour garder vos amours ?

Vers le règne des mœurs marchant au pas de course ;
Ils ont rendu moral le grand jeu de la Bourse ;
Et vous pouvez faucher en toute liberté
Dans le champ des coupons et de l'indemnité.
C'est ainsi qu'ils ont fait refleurir la justice.
Des révolutions le cercle s'apetisse ;
Et la reçonnaissance avec des bordereaux,
De la fidélité solde les vieux héros.
La réparation est honnête, complète,

Large, telle, en un mot, que vos mains vous l'ont faite :
Personne à ce sujet ne vous a dit : Holà !
La Dette s'en accroît ; mais qu'est-ce que cela ?
La Dette du repos est le gage intrinsèque ;
C'est une bagatelle en façon d'hypothèque
Jetée adroitement sur le corps des badauds :
On ne peut trop charger, et la bête a bon dos !
Voilà pour aujourd'hui. Pour l'avenir.... sans doute....
Vos neveux..... Vos neveux ! Ils feront banqueroute.
Ils auront des Terray [18] ; car il n'est pas bien sûr
Que le présent soit gros d'un Villèle futur.
Le Ciel, ce grand faiseur, cette première cause,
N'en peut enfanter qu'un par siècle, et se repose.
Tel fut Napoléon. Il dort au sein des mers.
Debout sur le rocher battu des flots amers,
Sa grande ombre exilée et reine solitaire
Conserve tous ses droits au respect de la terre ;
Son sceptre fut un glaive ; il fit, défit des rois ;
Mais il n'eût pas trouvé que trois et deux font trois.

Il est mort : et Villèle est toujours plein de vie.
Peyronnet vit encore. Et leur plus chère envie
Est de garder pour eux le trésor et les sceaux :
Ils s'en feraient plutôt arracher par morceaux.
Mais, après cet amour, que je trouve exemplaire,
Leur grande passion est celle de vous plaire.
Je vous le redirai jusqu'à satiété :
Pour atteindre à ce but que n'ont-ils pas tenté ?

Demandez aux Cadets! Le spectre de l'aînesse
N'a-t-il pas effrayé, tourmenté leur jeunesse,
Et tâché d'assoupir le vertige fatal
D'un amour paternel devenu trop brutal [19]?
Demandez aux Couvens rouverts aux pauvres filles :
N'en reforge-t-on pas les verroux et les grilles?
Demandez à l'Autel où l'Être tout-puissant
Fut seul à refuser un hommage de sang.
Demandez à Bellart. Si quelque subterfuge
L'a fait, de son parquet [20], monter jusqu'à son juge,
Il n'a point à coup sûr entendu sans courroux
Le dernier mandement de l'abbé Frayssinous [21].
Que vous faut-il de plus, élus du privilége?
L'Aînesse reviendra, voici le Sacrilége,
Les Couvens rétablis ou réorganisés,
Les Jésuites reçus, et vous indemnisés.
N'est-ce pas un retour vers les temps d'innocence?
En d'autres Parcs-aux-cerfs écrouant la puissance,
Les Ministres, un jour, comme d'autres Fleury [22],
Aidés en leurs travaux par d'autres Dubarry [23],
Par d'autres Montespan [24] et par d'autres La Chaise [25],
Pourront humilier les lis tout à leur aise.
Ils refont l'avenir. Voyez! regardez-les!
Admirez leurs efforts! Ces Maires du Palais,
Secrètement blessés de la gloire indigène,
Dépècent, à bas bruit, la Charte qui les gêne,
Et, n'osant l'étouffer dans leurs bras de géant,
Ils la traitent déjà comme un roi fainéant :

Des ciseaux !..... Et voilà le jeu que leur main joue !
Mais enfin, si le sort faisant tourner la roue,
Eux et leurs grands desseins les jetait à vau-l'eau,
Si leur fortune avait son jour de Waterloo,
Si vous les remplaciez sur les marches du trône,
Vous pourriez faire aussi de la puissance à l'aune,
Et, grâce au legs heureux de leur habileté,
Dormir sur l'oreiller de septennalité.

Le sommeil est si bon !.... Pourquoi l'Académie,
Sur quarante fauteuils, quarante ans endormie,
S'est-elle tout-à-coup réveillée en sursaut?
Ce réveil impromptu me semble un rude assaut.
En vain l'honnête Auger [26] en deux réquisitoires
S'est-il servi deux fois de moyens dilatoires;
En vain monsieur Roger [27], forçant son pied douteux,
S'est-il acquis le nom de Messager boiteux;
Rien n'a pu refroidir dans la bande immortelle
La chaleur allumée au feu de Lacretelle,
Quand, de suivre à la lesse enfin importuné,
Il a repris un cœur digne de son aîné.
Oui ! mais Genoude [29] en feu secouant l'oriflamme,
Du haut de son Étoile a déversé le blâme
Sur les récalcitrans qui voudraient voir Bonnet
Moins verbeux, s'il se peut, que Bourdeau-Fontenet [29],
Et dont les folles mains du démon possédées
S'accommodent fort peu de chaînes amendées.
Amender, en effet, a ses désagrémens.

Le Ministère aussi hait les amendemens !
L'infaillibilité, cette vertu romaine,
Ne tombe-t-elle pas dans son petit domaine?....
Mais voyez l'injustice : ô pays immoral !
Siècle infirme et pervers ! Un chorus général
A ces hommes de bien ne laisse paix ni trève ;
Il part de Mont-Louis, et, passant par la Grève,
Il embrasse Montmartre et Mont-Rouge-d'Enfer [30].
Du choc de tant d'esprits et de langues de fer
Qui de se garantir est aujourd'hui le maître ?
Comme ils ont de Thémis arrangé le grand prêtre !
Comme ils en ont traité la justice et l'amour !
De la littérature ils en font le Timour [31],
Et, poussant jusqu'au bout l'insulte et le scandale,
Ils ont nommé son œuvre une loi de Vandale.
Que dis-je ! pour l'excès de sa sincérité
Le Gardien du trésor n'est pas moins tourmenté.
Ils ont tympanisé sa loi des kilomètres [32] ;
Ils ne lui passent point son horreur pour les lettres [33],
Et leur œil fasciné par un long cauchemar
Dans l'homme de Toulouse aperçoit un Omar.
Allah ! que n'en a-t-il l'heureuse prévoyance,
Comme il en a déjà le goût et la science !
Mais j'ai beaucoup d'espoir en son noble avenir,
Et Dermanne et Vanpradt [34] n'ont qu'à se bien tenir.
Mon père Méhémet règne en paix au grand Caire,
Sans avoir jusqu'ici de bibliothécaire,
Et ces vastes dépôts d'un grimoire infernal

Me semblent la fontaine ou plutôt l'arsenal
Où les méchans vont prendre une vigueur nouvelle
Pour serrer de plus près Peyronnet et Villèle.
Mais ce qui mé console et m'ôte de souci,
C'est de voir ce grand couple, ignorant, Dieu merci,
De la frayeur qui plie et qui cède aux menaces.
Ce sont deux hommes forts et deux hommes tenaces [35]!
Quand la minorité murmure avec fracas,
Debout, sous ses clameurs, ils ne sourcillent pas.
Sur leur ame et le ventre ils gardent leur empire;
Et même à la tribune on les a vus sourire,
Lorsque d'être d'accord ne se piquant en rien,
L'un a dit : Tout est mal! et l'autre : Tout est bien !

Tout est bien!... Pour garder Nosseigneurs de reproche,
On dit que sans éclat la Garde se rapproche [36].
Ils ont fort bien senti qu'à défaut d'argumens
On pourrait opposer deux ou trois régimens,
Jusques en stratégie imiter un grand prince,
Contre l'opinion rangée en ordre mince,
Ranger l'autorité dans un ordre profond,
Et sur le droit commun faire une charge à fond.
La victoire en suspens est ainsi décidée.
Cette combinaison est d'une heureuse idée ;
Au venin libéral elle soustrait vos lois ;
Personne n'a plus peur : vous n'irez point à Blois.
Y pensaient-ils, Jésus? se porter sur la Loire?
On y respire encore un vieux parfum de gloire.

Il n'y vient que du Josse et des Sallabérys ;
La truffe n'y vient pas : vous restez à Paris.
Tout est bien. « — Comment donc ! mais c'est une ironie,
» Me direz-vous ! Comment ? La vérité honnie
» Semble être le jouet de ce long entretien.
» Cela passe le but : cela n'est pas chrétien.
» Juste ciel ! un Pacha parler avec éloge
» De gens qu'il n'a pas vus prier dans l'Eucologe ,
» D'êtres qui vont chercher ce qu'ils ont de desseins
» Hors des règles d'Ignace et de la Fleur des Saints,
» De mondains dont jamais l'ame ne se recueille ,
» De gens qui n'ont de foi que dans le porte-feujlle ,
» Qui vivent de hasard, qui vont au jour le jour,
» Tantôt frappant la caisse et tantôt le tambour [37] !...
» Partout, de leur esprit l'aveuglement éclate :
» L'opinion publique est pour eux un Pilate.
» Dans le livre de vie , ainsi qu'il est écrit ,
» Que Pierre épouvanté renia Jésus-Christ,
» L'apôtre du trésor, sans calculer les suites ,
» De même n'a-t-il pas renié les Jésuites [38] ;
» Satisfait d'avoir pu se jouer des benêts,
» Et contrister le cœur du pape La Mennais ?
» Il le sera ! Son front est fait pour la thiare.
» C'est lui qui de rigueurs ne serait point avare ,
» Et d'un fouet paternel, mais non pas tolérant,
» Cinglerait sur l'échine à tout indifférent.
» Rois, vous ne diriez pas qu'il vous eût pris en traître,
» Et vous verriez alors *tout ce que c'est qu'un Prêtre* [39].

» Mais dans le songe heureux de l'Inquisition
» Laissons errer en paix cet espoir de Sion :
» De l'ordre universel c'est la pierre d'attente.

» Oui, nous savons qu'Achille est sorti de sa tente.
» Le Pouvoir a paru s'éveiller en effet :
» Mais combien son réveil est encore imparfait !
» Dans leur activité ses mains semblent oisives ;
» Leurs opérations ne sont point incisives,
» Et du dragon fatal, aux libéraux si cher,
» N'ont écrasé les os, ni déchiré la chair.
» Nous sommes à Paris ; la chose est juste et bonne :
» Mais Chaves, Silveira [40] ne sont point à Lisbonne ;
» Le monstre que leurs mains allaient pour étouffer,
» La Charte portugaise, est près de triompher ;
» Les rebelles pieux n'ont eu que des désastres ;
» Le bon père Cyrille [41] en est pour ses piastres ;
» Canning a le dessus ; le siècle est le plus fort,
» La bonne cause en souffre et le Trapiste est mort [42].
» Que de maux à la fois ! comment les voir sans larmes ?
» Comment ! pour ce Canning il n'est point de gendarmes ?
» A cet impertinent, quoi ! monseigneur Franchet
» Ne décernera point de lettre de cachet ?.....
» Eh bien ! toute la faute en est au Ministère !
» Il n'a point retrouvé son cordon sanitaire ;
» Et le rappel du Suisse a réduit à zéro
» La gloire de Bayonne et du Trocadéro ! »
— La gloire ! à Nosseigneurs elle est fort importune.

C'est une vanité. Du haut de la tribune,
Ils ont sévi contre elle, et vous avez pu voir
Qu'à celle d'Andujar [43] ils ont mis l'éteignoir.
Vous avez remarqué leur noble indifférence
A l'aspect de l'insulte adressée à la France,
Et que leur équité n'a blâmé ni puni
Les billets aigres-doux de monsieur d'Apponi.
Je n'en dis pas assez : ils ont fait davantage.
De vingt ans de succès dédaignant l'héritage,
Ils ont répudié ces grands noms roturiers
Acquis de la victoire et payés de lauriers ;
Ils ont laissé tomber l'honneur français en friche,
Cultivé dans Paris un petit coin d'Autriche,
Et dans ce coin désert porté les fleurs de lis
Pour consolation aux vaincus d'Austerlitz [44].
Ils ont fait sagement ! Et, toutefois, j'avoue
Que, si j'étais Français, je leur ferais la moue :
On tient à la victoire, aux fruits qu'elle a donnés,
A des noms par ses mains tant de fois couronnés ;
On ne renonce pas à des gloires pareilles :
Moi-même, pour ma part, je tiens fort aux oreilles [45]
Que j'adresse en paquets au sublime Sultan,
Et serais bien fâché qu'on m'ôtât le Caftan [46].
Mais, vous, d'un autre soin votre ame est possédée :
Vous n'admirez d'exploits que ceux de la Vendée ;
Jemmapes et Fleurus, Arcole et Marengo
Sont pour vous du latin, du grec ou du congo :
Vous ignorez l'empire, en foulant son colosse ;

Des Constitutions vous n'avez point la bosse,
Et vos crânes palpés des mains du docteur Gall [47]
N'offriraient que l'amour des Chouans du Portugal.
C'est là votre souci ! Pour vous la chose urgente
Est d'aller au Brésil renvoyer la régente.
Sur le dos des Cortès pourvu que vous frappiez,
Tout, jusqu'à vos griefs, tout est mis sous les pieds.
Aux hommes du pouvoir vous avez fait remise
Des propos insolens tenus sur la Tamise [48] ;
Pour le Klephte insurgé vous êtes moins taquins ;
Vous cessez de poursuivre aux bords américains
Du fougueux Bolivar les bâtardes armées
Par l'amour de Canning un peu légitimées,
Et chez qui le phénix de tous les présidens
Accrédite à moitié de petits résidens [49] ;
De l'impure Haïti vous oubliez les mornes ;
Vous oubliez Boyer qui vous a fait les cornes ;
Vous oubliez l'emprunt qui trompe votre espoir
Et le blanc, pour de l'or, débarbouillant le noir.

Vous l'oubliez ! Vos voix poussent le cri d'alarmes :
« Aux armes, dites-vous, Ultramontains, aux armes !
» Courons sus à des gens qui sentent le fagot.
» Il faut pour plaire au pape un roi qui soit bigot.
» Don Miguel a promis [50].... Qu'importe sa promesse?
» Ne peut-il l'oublier en allant à la messe?
» Ne peut-il être roi sans Dona Maria [51],
» Les Cortès et la Charte et tout l'alléluia?

» Ces Chartes, ces Cortès, ce sont autant de chaînes
» Dont on lie aujourd'hui les grandeurs souveraines,
» Et, grâce au goût maudit des constitutions,
» Les rois sont des captifs aux mains des nations.
» Quoi ! des rois soliveaux ! des machines parlantes !
» Des rois presque sujets sous des lois insolentes !
» Des rois sans volontés, des rois sans bon plaisir !
» Alerte !... Aux mains du peuple il faut les ressaisir.
» Lorsqu'on les a remis dans leurs vieux patrimoines,
» Ils sont libres du moins de n'obéir qu'aux moines
» Avec froc ou sans froc, chaux, déchaux, noirs ou gris !»

Bravo ! c'est là parler. Eh bien ! nobles Zégris [52],
Faites un sacrifice ; ayez le saint courage
De rejoindre au combat le bel Abencérage [53] !
Troubadour, et galant, et béni du clergé,
Par lui des vieux Français le mot d'ordre est changé ;
Ils disaient : En avant ! Il s'écrie : En arrière !
N'est-ce pas le plus fin de la vertu guerrière ?
Oh ! qu'il voudrait, fidèle à ce noble attribut,
Du galop le plus franc reculer vers le but !
Qu'il voudrait bien aussi dans quelque dragonnade
Par quelque coup d'éclat mériter la grenade,
Et forcer son ami d'y gagner ses galons :
Mais l'ami plus sensé répond : « Dissimulons !
» Il s'agit de mener le peuple à la baguette ;
» Vous en voulez forcer le moment ; je le guette !
» Croyez-vous que les lois me plaisent plus qu'à vous ?

» Mais je sais retenir l'aveu de mes dégoûts.

» En faveur du budget souffrons un peu la Charte!

» Je ne suis point un aigle. Êtes-vous Bonaparte ?

» Hélas non ! Jusqu'ici nous n'avons, vous et moi,

» Triomphé que du cinq et de la bonne foi.

» Quant aux moyens tranchans, quant au Quatre-vingt-treize,

» Vous en pouvez, mon cher, parler tout à votre aise :

» Nous avons les bourreaux, nous avons les tambours [54],

» Nous aurions les Fouquier [55], mais où sont les faubourgs?

» De l'art des Fabius faisons l'apprentissage! »

Peut-on applaudir trop un discours aussi sage ?
Amis, lorsqu'en torrent un fleuve s'est lancé [56],
Il court comme le plomb que la foudre a chassé ;
La terreur le dévance, il mugit, il arrive,
Il passe : mais il laisse aux sables de la rive
Ce que le temps arrache à sa rapidité,
Des germes d'abondance et de fécondité.
Bientôt son court passage en bienfaits se révèle ;
Tout revit, tout reprend une vigueur nouvelle ;
Les arbres rafraîchis font monter dans les airs
Une sève plus pure et des rameaux plus verts ;
La verdure descend en lisières profondes,
La fleur s'épanouit où bouillonnaient les ondes,
Et son front balancé par des vents sans courroux,
Verse, comme un nectar, les parfums les plus doux.

Mais qu'une eau plus tranquille et qui mord sans fatigue,

Ronge et vienne à percer les remparts d'une digue;
Point de bruit, point d'effroi : quelques filets épars,
Pareils à des serpens, glissent de toutes parts ;
Sur le sol envahi leur lenteur se promène ;
Elle en saisit l'espace; elle en fait son domaine ;
Elle y vient, elle y reste, elle y règne, elle y dort,
Et son sommeil tenace est celui de la mort ;
Des germes corrompus dans le sein de la terre
S'exhalent vers les cieux en vapeur délétère [57];
Rien ne végète plus autour d'infectes eaux
Que l'inutilité des joncs et des roseaux ;
Des miasmes impurs condensés en nuage ,
Comme un voile jaloux, couvrent le marécage,
Et lui cachent le feu des soirs et des matins :
Ainsi, la politique a ses marais Pontins [58]!

TROISIÈME PARTIE.

TROISIÈME PARTIE.

———

Le 30ᵉ jour de la lune de Regeb, l'an de
l'hégire 1242. (2 février 1827.)

HONORABLES amis, si ma noble entreprise
N'a point démérité des Rois ni de l'Église,
Si, grâce à qui de droit [1], sous l'ongle du lion
J'ai vu tomber le schisme et la rébellion,
Si j'ai fait aux Rayas, en plus d'une campagne,
Ce que vous désirez aux voisins de l'Espagne,
Si rien de nécessaire en mes mains n'a langui,
Si j'ai fait, pour le bien, sauter Missolonghi,
Et livré, pour le mieux, la Grèce entière aux flammes,
A mon dernier conseil abandonnez vos ames.
Puissé-je y pénétrer comme un ruisseau de miel !

4*

Il n'est de Dieu que Dieu ! Grand Dieu , du haut du ciel,
Ouvre-moi ta clémence. Ajoute à mes paroles
La douceur du Trapiste et du baron d'Eroles [2],
Et, pour lénifier jusqu'à des cœurs d'airain ,
Prête-moi l'onction de monsieur Puymaurin.

Plus de retard possible. Avec l'homme aux exergues [3],
Frénilly , de Bonald et Clausel de Coussergues ,
Et tous les ouvriers sortis de l'Aveyron [4],
Il est temps aujourd'hui de rentrer au giron.
La vigne est mûre : il faut qu'elle soit vendangée.
Avec d'Hermopolis la chose est arrangée ,
Et Villèle contrit et tancé par Ronsin,
Ne lanternera plus devant ce grand dessein.
Il s'est du martinet appliqué sur le râble.
Il fera, si l'on veut, une amende honorable.
Mais il fallait songer à des tempéramens :
Il est avec le ciel des accommodemens [5] !
Un milliard est bon. Les très-révérends Pères
Ne s'arrangent point mal de finances prospères;
Ils ne débitent point la denrée à crédit ;
Ils ont tâté le pouls à ce siècle maudit.
Le siècle a de la fièvre ; il veut lire , il discute ;
Mais quand il faut payer, il paie , il s'exécute :
C'est donc une raison d'aller à son secours ;
On n'imprimera plus, mais on paira toujours :
C'est le terme moyen que Monseigneur propose.
Il faut bien à l'époque accorder quelque chose.

Voilà tout le secret : en ne veut que du temps !

Eh bien ! poursuivrez-vous vos défis insultans ?
Irez-vous, libéraux et censeurs à la suite,
Du Ministère encor accuser la conduite,
Et déclamer qu'il veut, nouveau Machiavel,
Avec l'oppression passer titre nouvel ?
Il n'est jamais prudent de tirer sur ses troupes.
La flamme suit le coup, le feu prend aux étoupes,
La lumière apparaît et brille sans besoin ;
On ne l'étouffe plus : cela peut aller loin.
A l'eau !... Sous vos efforts que le siècle se noie !
Ignace et Saint Demaistre [6] en pleureraient de joie.
Le patron de Mont-Rouge et celui du bourreau,
Déjà, le glaive en main et tiré du fourreau,
Font pleuvoir sur vos fronts une grâce abondante :
La chambre qu'ils voudraient, c'est une chambre ardente [7].
Oui, leur œil a besoin d'être enfin arrêté
Sur un tableau de paix et d'unanimité.
Ne résistez donc plus : devenez unanimes !
Et si vos Jacobins, devenus des minimes,
Vous harcelaient encor d'un reste d'examen [8],
Si des hommes étroits d'esprit et d'abdomen
Se montraient obstinés à se nourrir d'alarmes,
On a le précédent [9] : on aurait les gendarmes ;
Et, dès que leur babil vous importunerait,
Un mot, que dis-je ? un signe : on les empoignerait [10].

Mais serait-il besoin d'un moyen si sévère ?
Non ! Jamais sans motif l'humeur ne persévère.
L'humeur ne mène à rien. L'on ne voit pas souvent
Les gens d'un peu d'adresse aller contre le vent.
Les hommes sont moutons : l'un a sauté, tout saute [11].
D'utiles repentirs on ne se fait point faute ;
Si l'on n'en a le fond, on en a le semblant ;
Partout le bonnet rouge a pris le bonnet blanc [12] ;
L'incrédule à genoux voue un cierge à sainte Anne [13] :
Robespierre aujourd'hui porterait la soutane [14] !

Vous le voyez donc bien, l'avenir est à nous :
Mais, au nom du présent, je tombe à vos genoux.
Ne contrariez plus l'œuvre qui vous implore.
Du salut général laissez le germe éclore.

Hélas ! si vous vouliez ! Si le vieil homme en vous
Était assez meurtri pour tomber sous mes coups ;
Si d'un espoir rentré le cuisant aposthume
N'était pas rouge encore et gonflé d'amertume ;
S'il vous laissait marcher : que nous irions bon train !
Eh ! que n'a-t-on recours à monsieur Dupuytren ?
Il a, comme les mains, une ame des meilleures.
Il fermerait Bichat, il ouvrirait ses Heures,
Un petit bout d'*ave*, deux coups de bistouri,
Et par enchantement le mal serait guéri.

Je vois sous son scalpel expirer la discorde !

Quand tout le monde uni tire à la même corde,
On va vite, eût-on même à vaincre le courant.
Je vois enfin la nef remonter.le torrent.
Fille de Belzébuth et de la Ménippée [15],
La satire du jour, en Cosaque équipée,
Dépense tout son fiel en écrits superflus ;
Nous sommes tous unis, et nous ne formons plus
(Pardonnez ces pluriels, car je me crois des vôtres),
Des Elèves en droit aux imberbes Apôtres,
De l'abbé de Maline à l'abbé Loriquet,
De la chandelle au gaz, et du gaz au quinquet,
Et de monsieur Corbière aux pauvres Bouquinistes,
Qu'un peuple de ligueurs et de congréganistes.
C'est à nous de chanter un nouveau *Ca ira* [16] !
La terre en sera fière et s'en exaltera [17] ;
Le lait et le miel purs jailliront de ses veines :
Félicité du ciel, félicités humaines,
Voluptés de tout genre, et coulant à plein bord,
La ligue assure tout !... Il est vrai que d'abord
Il faudrait aviser à prévenir [18] les crimes,
Du saint roi Charles-Neuf adopter les maximes,
D'une sainte rigueur relever l'étendard,
Et remettre en crédit la potence et la hart ;
Peut-être même encor quelque peu d'arquebuse.
Je conçois qu'il n'est rien dont on n'use et n'abuse [19].
Mais à quoi serviraient les partis mitoyens ?
Les hommes, quarante ans, se sont crus citoyens :
Il s'agit d'extirper ces goûts de sans-culottes

Pour former des sujets, pour avoir des ilotes.
Contre ces obstinés qu'on nomme indépendans,
On ne peut donc user de moyens trop ardens.
La flamme épure tout : elle est fort salutaire.
On saisira d'abord le Rouseau, le Voltaire ;
Le Montesquieu suivra ; puis après le Pascal :
C'est l'ennemi juré du sceptre monacal.
Il se pourrait qu'on fût jusqu'au bon vieux Corneille.
Il est républicain, et le bout de l'oreille
Perce un peu trop chez lui. Monsieur l'abbé Guyon,
Portant ses doigts bénis de rayon en rayon,
Et ravisseur dévot de la drogue imprimée,
Saura bien vers le ciel l'envoyer en fumée [20].

Quant à Fléchier, Boileau, Racine *et cœtera*,
On pourra les souffrir ; mais on les purgera [21].
Et, passant sur le ventre à l'Encyclopédie,
On viendra, d'un seul bond, sur cette maladie,
Qui tourmente le siècle et qu'on doit réprimer,
La soif de tout écrire et de tout imprimer.
C'est un fléau cruel pour la foi tout entière.
Voyez messieurs du Centre ; ils ont, sur la matière,
Raisonné savamment, quelquefois à rebours,
Et fait de tout un peu, jusqu'à des calembourgs [22] ;
Ils ont, de notre époque accusant l'inculture,
Dénoncé le néant de la littérature [23],
Et clairement prouvé, par leur noble dédain,
Que, du ministre auteur, qui but l'eau du Jourdain,

Du chantre des Martyrs , de ce Milton en prose [24] ,
Au chanteur couronné de laurier et de rose ,
A l'Horace français [25] , ce courageux vaurien ,
Tout est faible , sans vie , et se réduit à rien.
Lorsque rien ne les touche et ne les intéresse ,
Pourquoi multiplier les œuvres de la presse ?
D'en arrêter l'essor je les trouve sensés :
Peau-d'Ane et leurs discours, en voilà bien assez !
Faut-il de toutes parts que l'encre nous assiége ?
Au portier, sur son banc ; au cocher, sur son siége ,
On peut , contre l'ennui [26] , permettre le Liégeois ,
On ne défendra pas le Cuisinier bourgeois ,
Ni les livres menus, d'esprit non équivoque ,
Et du style anodin de Marie-Alacoque :
Mais , pour tout le surplus , fût-ce du Fénélon ,
Point de ménagemens , point d'index : le pilon !

Alors, plus de journaux pour lancer des oracles ,
Pour dégoûter du bien et des petits miracles [27] ,
Et prescrire aux abbés d'être plus indulgens ,
De tenir table ouverte et d'enterrer les gens.
Les derniers abonnés , réduits à la disette ,
N'auront plus rien à lire , ou liront la Gazette [28].

Ainsi , des mécréans le camp sera dissous.
L'on n'annoncera plus le Tartufe à cinq sous [29] ,
Et la main redoutable aux plaisirs idolâtres ,
Pour ne pas les brûler, fermera les théâtres.

Nul n'osera s'en plaindre : auteurs, acteurs, souffleurs
De ce nouveau régime auront toutes les fleurs.
Convertis par le temps et la poire d'angoisse [30],
Les chanteurs deviendront chantres de la paroisse,
Les auteurs marguilliers et les souffleurs bedeaux,
Et seront fort contens, la chappe sur le dos.

Ainsi, les ouvriers chargés de l'œuvre sainte,
D'un calice indécent ne boiront plus l'absinthe,
Et pourront opérer sans se voir compromis
Avec de tels rivaux ou de tels ennemis [31].
Tout est libre pour eux dans un champ plus fertile :
Le Procureur du roi leur devient inutile [32];
La foudre dans la bouche et l'éclair dans les yeux,
Ils vont, sans baïonnette [33], à leur but glorieux.
Qui donc en fiers lions a changé ces gazelles?
Qui leur donna la force et leur prêta des ailes?
C'est cette sainte ardeur dont la flamme inonda
Le cœur des Jefferys et des Torquemada [34].
O révérend très-cher, dont les mains peu rougies
N'ont encor travaillé que sur des effigies [35],
Venez ! Les compagnons, par le maître exaltés,
S'exerceront enfin sur des réalités.
Qu'ils se tiennent tout prêts pour ce nouveau service.
Vous, dirigez leur zèle encore un peu novice :
De grand inquisiteur vous méritez l'emploi :
Et signalez vous tous par des Actes de foi [36] !
Oui, le voilà ce temps que votre ardeur réclame !

Il est devant mes yeux : les bûchers sont en flamme ;
Des bourreaux en surplis j'entr'ouvre les volets ;
Je perce leurs cachots : voici les chevalets,
Voici le plomb fondu, voici l'huile bouillante,
Voici les coins de fer [37]. Nature défaillante,
Gémis, grince des dents, souffre : l'on va t'offrir
Le moyen le plus sûr pour cesser de souffrir.
La mort !.... Vous frémissez, nobles amis !... Sans doute,
Il faut quelques fagots pour jalonner la route ;
Il faut retrouver l'art des bons Dominicains [38] ;
Mais qu'est-ce que le sang qu'on tire à des faquins,
A des adorateurs de la philosophie ?...
Si les moyens sont durs, la fin les sanctifie.
La fin couronne l'œuvre : et tous ces longs tourmens
N'ont de pénible à voir que les commencemens.
On s'accoutume à tout [39]. La peau déjà meurtrie,
Sous le bitume ardent fume, s'élève et crie ;
Les membres suspendus sont disloqués en l'air ;
Le plomb, des os brisés, a séparé la chair ;
Le sein, gonflé d'une eau dont le poids le tourmente,
Jette un sang mélangé d'une sueur fumante
Sous la main qui l'oppresse et qui l'a tenaillé :
Mais les Inquisiteurs n'en ont point sourcillé.
Le sang-froid le plus grave est de leur ministère.
La souffrance du corps à l'ame est salutaire.
Ils ont compté les pleurs et le sang des humains [40],
Ils ont fait leur devoir ; ils s'en lavent les mains.
Quoi ! si des mécréans convaincus à la gêne,

Le cierge dans les mains, sont libres de leur chaîne ;
S'ils marchent au bûcher, ne l'ont-ils pas voulu ?
Ils ont gardé peut-être un Voltaire et l'ont lu.
Pour expier un tort, qui remonte au déluge [41],
Il faut aller de force aux pieds du dernier juge [42].
L'Église est hors de cause ; elle a clos les débats ;
Elle a remis le reste au pouvoir d'ici-bas [43].

Quel brillant appareil ! Tout le peuple s'empresse ;
Il court, ainsi qu'aux jours de pompe et d'allégresse,
Comme si la victoire, après un long repos,
Eût d'un nouvel amour salué ses drapeaux.
La cloche a bourdonné. Du pied des saints portiques,
S'avancent lentement les hymnes, les cantiques ;
Les échafauds sont prêts et les bourreaux aussi ;
Les condamnés tremblans se traînent. Les voici.
Sous un masque hideux leur pâleur se dérobe [44] ;
Des esprits de l'abîme on a semé leur robe [45],
Ou de feux infernaux peints sens dessus dessous :
Mais monsieur l'ardessus [46] les aurait-il absous ?
Et puis c'est sitôt fait [47] ! La nuit qui va descendre,
Ne doit de son manteau couvrir qu'un peu de cendre,
Et, dès qu'un vent léger sur le sol a passé,
La place est balayée, et tout est effacé.

Ah ! ne nous piquons pas d'une pitié stérile !
Pour moi, l'humanité me semble puérile.
L'homme d'État, pliant sous de hauts intérêts,

N'y doit pas, selon moi, regarder de si près.
Et, pour autorité si je m'offrais moi-même,
Qu'ai-je fait? Investi, par l'Etrier suprême [48],
De la force et du glaive, ai-je destitué,
Menacé, supplié, séduit? non! j'ai tué!
J'ai ceint de fer mes reins [49] et mon cœur... Pour curée,
A mes hardis chasseurs j'ai donné la Morée;
J'ai foulé tous les Grecs atteints du plomb fatal;
Je n'ai fait qu'un bûcher de leur pays natal;
J'ai vu piller; j'ai vu le viol ou les flammes
Torturer ou griller les enfans et les femmes:
Mais c'était pour la gloire et le saint nom d'Alla,
Je m'en suis soucié tout comme de cela [50]!

Mais, vous, à mes tableaux pourquoi cet air si sombre?
De vos fronts inquiets laissez éclaircir l'ombre.
Au moment où je parle, ouvrez l'œil sur Paris.
Le préfet, acquéreur des plaisirs et des ris,
A quatre francs par tête, y fait courir les masques;
La toge et le manteau, les turbans et les casques,
Arlequin et le Temps, un Cosaque et l'Amour,
Au son de la trompette y fatiguent le jour,
Et mènent, en triomphe, à la Trésorerie
Le bœuf gras escorté de la gendarmerie [51].
Que d'acclamations! Ce bon peuple est si fou!
Mouillés, salis, crottés jusque je ne sais où,
Tous, jusqu'aux imprimeurs (aimable et doux augure),
Ont la joie à grands traits peinte sur la figure.

Osez donc! Sans retard, purifiez les mœurs.
Bornant au mardi gras d'innocentes clameurs,
De l'ordre social reconstruisez les bases ;
Laissez l'élection parfumer tous ses vases ;
Et d'un peuple d'élus se surveillant entre eux
Faites pour la morale un peuple de Chartreux [52].
Mais surtout bâillonnez la troupe satirique
Des railleurs impudens de la vertu gastrique.
Enchaînez ces auteurs, incommodes furets,
Qui du foyer lui-même ont percé les secrets,
Et dont l'ongle imprimé sur tous ceux qu'il évente
Au terrier du pouvoir a jeté l'épouvante.
Pour l'Arche du seigneur [53] ils n'ont aucun respect,
Et s'ils ont de l'esprit c'est un esprit suspect.
Que dis-je? leur malice affrontera l'orage,
Et sera lâche assez pour avoir du courage.
Soyez sûrs que, le sang leur montant au cerveau,
Ils riraient sous la main de monsieur Delavau [54],
Qu'ils croiraient déployer une noble énergie
En courant, comme au bal, à Sainte-Pélagie,
Et qu'ils viendraient, enfin, gonflés comme un ballon,
S'accoupler au forçat de monsieur Magalon [55].
A ces déportemens je n'ai que mon remède.
La rage de médire est ce qui les possède ;
La balance contre eux aurait beau trébucher,
La prison n'y peut rien : essayons du bûcher !
Qui sait? Cela pourrait flatter leur fantaisie.
Le bûcher par lui-même a de la poésie.

C'est du sein d'un bûcher qu'au fond de mes déserts
Le Phénix immortel s'élevait dans les airs.
Tous vos hommes de plume, autant que je puis croire,
Ne sont pas des Phénix, mais ils auraient la gloire
D'expirer en public, régalés du pardon
Et de bons *oremus* chantés en faux bourdon.
Les épreuves, d'ailleurs, ne seraient pas fort amples.
On n'aurait pas plutôt fait deux ou trois exemples,
Que les gens torturés, confessés et rôtis
Se tiendraient pour contens et pour bien avertis.

Comme cela, bon Dieu, ferait marcher les choses!
Après les premiers pas, on foulerait des roses;
Mais d'un pied rétrogade; et les bienfaits du temps
S'en iraient, deux à deux, comme des Pénitens.
Oui! je ne sais en moi quel feu divin s'allume.
Je suis sur le trépied. Je sens venir l'écume.
Si j'avais des cheveux, sur mon front agités,
Ils se hérisseraient; je sais tout; écoutez:

Les destins sont remplis. L'alliance est jurée.
Voici venir les jours de Saturne et de Rhée.
Le Pontife à genoux [56] sur le marbre divin
N'a point prié, gémi, versé des pleurs en vain.
Le dragon est tombé sous le pied de l'archange.
La thiare a vaincu. Tout s'épure, tout change;
Tout est sanctifié : tout va du blanc au noir.
De jour en jour plus mince et mise au laminoir,

La Charte, qui s'épuise, a fait son codicile :
Au lieu d'un Parlement, vous aurez un Concile ;
Pour institutions les Pères très-bénins;
Du siècle recrépi ce seront les menins.
Proclamons leur triomphe : ils n'ont rien à combattre.
Il existe une Ligue, il n'est plus d'Henri-Quatre !
Il n'est plus de poignards ! le père Godinot [57],
Proconsul envoyé par l'Anti-Huguenot [58],
En dépit des arrêts et des lois qu'on évince,
Du royaume des lis se fait une province ;
Tous ses amis secrets, fermes dans leurs sermens,
Sont francs et dévoués comme des Saint-Chamans [59];
Tous les soldats d'Ignace, en troupes reconnues,
De toutes les splendeurs couvrent les avenues;
Ils n'ont point de la cour désappris les chemins,
Ni comme à la puissance on peut lier les mains [60].
Dans celles des héros [61] ils ont planté des cierges :
Les grands sont leurs valets, les rois sont leurs concierges [62]
Et le peuple, nourri du pain des missions,
S'aligne avec amour à leurs processions.
Ce bon peuple est si bon ! Il n'a plus la mémoire
Ni de sa liberté ni même de sa gloire;
Il ne se souvient plus qu'il fit trembler les rois ;
Il suivait les drapeaux, il suit le Porte-Croix.
Son malaise [63] inconnu venait de plénitude.
Combien ne doit-il pas à la mansuétude
Qui l'a mis au régime et le tient affaibli?
Docile et reposé, grâce au don de l'oubli,

La verge des Bedeaux lui suffit sans gendarmes.
D'un carême éternel il goûte tous les charmes.
Libre et sain d'estomac, de bile bien purgé,
Sermonné longuement, largement aspergé,
Et tombant à genoux devant la moindre antienne,
Il subit doucement la charité chrétienne.
Il chérit les Cottons, les Girards, les Mingrats [64],
Et met tout son plaisir à les voir gros et gras.
Sous leur joug paternel il ne se sent plus d'aise.
Des esprits inquiets l'activité s'apaise ;
On est passé docteur lorsqu'on lit au missel ;
Le doux *far niente* devient universel :
C'est l'âge d'or nouveau de la paresse humaine.
Plus de labeur constant. La cloche ne ramène,
Du branle du matin, à l'angélus du soir,
Que des sons de plain-chant et des coups d'encensoir.
L'année avec lenteur s'use en longs jours de fêtes.
Prier c'est travailler. Les impôts sont des quêtes.
Tout redevient enfant, pour être heureux et gai.
La France m'apparaît comme un grand Paraguay [65].
Chacun soumet son cœur. Devant la discipline,
Chacun dévotement se retrousse, s'incline,
Prend les coups sans compter, et croit sans examen :
La terre est transformée en Paradis. Amen !

POST-SCRIPTUM.

POST-SCRIPTUM.

Le 15ᵉ jour de la lune de Schaban, l'an de
l'hégire 1242. (14 mars 1827.)

Hosanna !.... Nous sortons de l'état transitoire :
Que la cloche s'ébranle et sonne la victoire !

Assez et trop long-temps, prosternés à l'autel,
Les frères de Fortis, dans un souci mortel,
Avaient secrètement chanté leurs litanies ¹.
La boule a prononcé. Leurs craintes sont bannies;
La gaîté sur leur front reparaît ; Saint-Acheul
Sur la presse encor chaude a jeté le linceul,
Et la Société, maîtresse de sa proie,
Par un *Deprofundis* manifeste sa joie.

Qui ne verrait, ici, percer le doigt de Dieu ?
Comme tout a marché ! que de zèle ! quel feu !
Quels fiers alinéas ! quels fougueux paragraphes ?
L'Éloquence, en travail, détachait ses agrafes,
Se démenait, soufflait, suait en son pourpoint,
Se prenait corps à corps et ne se lâchait point :
« Aux voix ! » criait le Centre, avec un creux sonore.
Et tout était voté que l'on votait encore.... [2]
De la Commission voyez-vous les tourmens ;
L'amendement battu des sous-amendemens [3],
Et le projet de loi réduit en marmelade [4] ?
Monsieur Bonnet lui-même en est tombé malade [5] !
Tout eût périclité par son triste abandon,
Si la pitié du ciel n'eût suscité Dudon,
Dudon, lui, qui fait fi des faveurs populaires [6]
Et qui veut envoyer les auteurs aux galères.
Grand merci !... Mais surtout, gloire au génie altier,
Qui n'a point, au bon droit, accordé de quartier,
Ni laissé respirer la fortune incertaine [7].
C'est là frapper ! c'est là se montrer capitaine !
Vers l'immortalité, c'est s'ouvrir un chemin [8] !
C'est emporter les lois, le fleuret à la main [9] !

Vivat ! cent fois vivat ! de l'œuvre encor future,
Ils n'ont pas seulement voulu prendre lecture [10] :
Le Centre, à l'aveuglette, a bravement voté.
Les bons Pères ont vu comme on s'est comporté.
Pouvaient-ils espérer des votes plus dociles ?

S'ils ne sont pas contens, ils sont bien difficiles!
Mais ils le sont !.... Mont-Rouge a béni Sa Grandeur.
Même de sainteté je l'y crois en odeur.
L'on n'y prise pas moins la vertu de Villèle.
La presse et le budget sont mis en parallèle ;
Et l'homme du trésor, sur son coffre épuisé,
Pourra bien, quelque jour, être canonisé.
Vous le serez aussi. Je le serai moi-même.
Rome n'a rien à dire à ceux que Mont-Rouge aime ;
Et la France et les Grecs, ces rebelles armés,
Savent si, vous et moi, nous en sommes aimés !

Ceux qu'il aime fort peu, que dis-je? ceux qu'il damne,
Ce sont ces orateurs d'éloquence profane,
Ces Ministres d'un peuple oppresseur de la mer
Et qui donne au Saint-Siége un déplaisir amer [11].
Oui, des pudiques fleurs de la sainte guirlande
On flétrit la plus chère, on afflige l'Irlaude ;
On la promène, hélas! de délais en délais [12] :
Mais ce n'est point en France, et Peel n'est qu'un Anglais[13].
En France, tout ira. N'avons-nous pas le Nonce?
Je ne crains que les Pairs[14]. Mais quoi! tout me l'annonce,
Ils entendront raison ; ils seront bons enfans ,
Et nous pourrons encore en sortir triomphans.
L'orage disparaît et voici la bonace.
Le Ciel sourit lui-même au triomphe d'Ignace.
Au moment où sa nef [15] a franchi le rescif,
Et s'ouvre enfin le port du dévoùment passif [16],

Pour fêter, au berceau, l'ère d'obéissance [17],
La nature s'apprête à montrer sa puissance.

Déjà, de plus longs jours vus de plus de soleil
De la terre assoupie annoncent le réveil;
Déjà les marronniers, à la saison moins dure,
D'un bourgeon encor pâle indiquent la verdure.
Ils vont s'épanouir sous le regard des Rois [18].
Vous jouirez aussi du printemps, et je crois
Qu'à la porte d'Enfer, ou dans le voisinage [19],
Vous ferez, sur le soir [20], plus d'un pélerinage.
Fuyant un monde injuste et superficiel,
Vous irez visiter les favoris du ciel.
Près du Cloître-Palais [21], en des jardins superbes,
Vous irez admirer les festons ou les gerbes,
Ou les grappes en fleur d'un peuple d'arbrisseaux.
Aux possesseurs-élus de ces rians berceaux,
Quand vous les y verrez lire dans leurs bréviaires,
Demandez, s'il vous plaît, ma part de leurs prières.
Je souhaite, en revanche, à ces Pères fleuris
Notre Paradis turc, moins pourtant ses houris;
Car la pudeur chrétienne a droit à mes louanges,
Et je pense qu'ils ont plus de goût pour les Anges [22].

NOTES.

NOTES

DE LA PREMIÈRE PARTIE.

———————

[1] La voie étroite est la voie de Dieu : la voie large est celle des jésuites de toute robe.

« La société a élargi les voies du salut, et par la facilité
» qu'elle a donnée aux pécheurs de se confesser, les crimes
» s'expient avec beaucoup plus d'ardeur et de plaisir, qu'on
» n'en a à les commettre. »

(SALGUES. *L'Antidote de Mont-Rouge*, p. 192.)

[2] L'*in pace* était et redeviendra sans doute la chambre de police monacale. On y laissait mourir les gens. On raconte dans une ville du midi que, lorsque les portes des couvens furent ouvertes aux moines pour en sortir, au peuple pour y entrer, on trouva dans l'*in pace* des Récollets deux squelettes entiers, constatant que deux religieux avaient terminé leur vie dans ce séjour de ténèbres. Y étaient-ils morts ensemble, ou bien l'un y était-il expiré après l'autre et à côté de ses ossemens?...

[3] Le 5 septembre 1816. L'ordonnance de ce jour fut le rameau vert pour la France : elle annonça la fin du déluge. Catégories. Pour le sens politique et réactionnaire donné à

ce mot , voir le Moniteur des 28 décembre 1815 et 3 janvier 1816.

⁴ M. Delalot a été appelé l'*Ajax* de la Droite. Voilà sans doute pourquoi il n'en fait plus partie. Nos ministres n'aiment rien de ce qui est grec. M. Delalot a montré beaucoup de talent. Il a été destitué de la protection électorale, comme l'honorable M. Gautier de l'affection de LL. EE.

⁵ El Rey Netto. Le Roi absolu. Viva el Rey Netto ! est le cri des apostoliques espagnols. Ils y ajoutent quelquefois le nom de *Carlos.*

⁶ Réal. Le réal est une petite monnaie espagnole. On compte par millions de réaux, en Espagne ; on n'y est pas plus riche pour cela.

⁷ Les divans, assemblées turques. Les conclaves, assemblées chrétiennes. Voici la ressemblance. Dans les uns, on exalte toujours les papes ; dans les autres , on dépose quelquefois les muphtis. Voilà la différence.

⁸ Congrès. Ce sont des réunions de Majestés, quelquefois de simples Excellences. Jamais on n'en a tant vu que depuis 1814. Quand les grands médecins de l'Europe ont fait tant de consultations, il est étonnant qu'ils trouvent encore les peuples si malades.

⁹ Synonyme de milliard.

¹⁰ Lettres de cachet : firmans français. Firmans : lettres de cachet turques. Édits : voir les arrêts des parlemens qui se permettaient quelquefois d'en refuser l'enregistrement : ce qui donnait lieu à des *lits de justice ;* mais non pas de *justice* et *d'amour.*

¹¹ C'est l'urne où les honorables Députés votent sur les lois qui leur sont proposées, en y déposant des boules noires ou des boules blanches. On assure que MM. les Députés-Ministres n'y en laissent jamais tomber que de la dernière couleur.

¹² Une troupe de mamelucks, de spahis, de janissaires, entoure une maison, un village; les habitans fuient, s'ils le peuvent, emportant ce qu'ils ont de plus précieux; les soldats pillent le reste : c'est une perception orientale; c'est une *avanie*.

¹³ Lorsque l'expédition ci-dessus n'a pas eu un résultat tout-à-fait satisfaisant, si l'on a saisi quelque fellah, quelque raja, quelque contribuable, enfin, moins léger que les autres, on l'empale pour lui apprendre à courir. Empaler, c'est faire entrer un pieu aigu par le fondement et le faire sortir par la poitrine d'un homme. Puis, on le dresse en l'air, comme une chose fort agréable aux passans et surtout fort utile. Il faut avouer que l'esprit humain est bien ingénieux. (*Voyez* troisième partie, notes 37, 39 et 40.)

¹⁴ Voyez les discussions de la Chambre élective. D'honorables Députés ont eu l'indiscrétion d'en dire quelque chose ; mais LL. EE. ont eu la prudence de ne pas trop les démentir.

¹⁵ Whabis, contraction poétique du mot Wahabis ou Wechabis. Ce sont des Arabes qui veulent, à main armée, ramener la foi à la pureté primitive. Ce sont les protestans de la loi de Mahomet.

¹⁶ Le cordon est la clef de la voûte du gouvernement ab-

solu. C'est la dernière faveur du Grand-Turc. On le baise dévotement et l'on meurt.—La torche et les brûlots sont les
flambeaux qui éclairent les Grecs dans la recherche de la liberté. Il s'en est peu fallu que le pêcheur de Psara n'ait fait sauter les restes de la ville d'Alexandre et le Pacha qui plus est.

¹⁷ Le *parquet* est cette partie intérieure du temple magni-
fique élevé à la divinité du hasard, où se tiennent ordinaire-
ment ses pontifes, **MM.** les agens de change. Le parquet est
la légitimité : l'illégitimité c'est la *coulisse*.

¹⁸ Circulaire. Il faut avoir toujours été activement ou pas-
sivement étranger à l'administration, pour ne pas connaître
l'importance de cette invention moderne. C'est le moteur
principal , c'est la machine à vapeur de la centralisation. On
y a regardé avant de proposer la loi destructive de la presse :
la circulaire sera l'ancre de miséricorde des papetiers et des
marchands de chiffons.

¹⁹ Le pilau se compose d'un mélange de riz et de viandes
cuites à l'étuvée. On en ferait fi dans la rue de Rivoli : on s'en
contente au château du Caire.

²⁰ Les pelisses d'honneur sont les croix et les crachats des
Orientaux. La vanité est partout la même : il n'y a que les
hochets qui varient.

²¹ Harem se dit du contenant et du contenu , des femmes
du riche Musulman et des appartemens qu'elles habitent. Je
l'entends ici du séjour mystérieux et reculé où les hommes
de l'Orient viennent oublier les affaires et goûter le repos de
la volupté, ou pour mieux dire la volupté du repos.

²² La pipe turque ordinaire est portative et se nomme

chibouque. C'est celle qui est à l'usage de tout le monde. Il en est une autre espèce dont les longs tuyaux sont interrompus par un globe de verre rempli d'eau de rose, que la fumée est contrainte de traverser pour arriver parfumée aux lèvres du riche indolent qui l'aspire.

²³ Le sens du mot fetfa ou fetva est proprement *réponse*. Il s'entend plus communément des décisions du Muphti; mais on peut le considérer comme équivalent à sentence. Lorsqu'un envoyé du sultan a porté le cordon à quelque pacha (*voyez* note 16), qui n'eût pas été assez docile et qu'il a fallu étrangler par surprise, il déploie le firman écrit de la main du monarque (le hatti-schérif), et se trouve ainsi à l'abri de toute vengeance ou poursuite de la part des survivans.

²⁴ Tortoni n'est plus un nom, c'est un titre : les glaces ont leur aristocratie. Collinet avec son joli instrument et Tortoni avec ses friands plateaux se prêtent un appui fort utile. L'un rafraîchit ce que l'autre échauffe.

²⁵ Houbigant est le célèbre, le fameux parfumeur de la rue du faubourg Saint-Honoré. Son *rouge* est de la première finesse, son *blanc* à faire illusion et son *bleu* imite les veines à s'y méprendre. Nous ne manquons point de grandes dames pour faire usage de ces trois cosmétiques à la fois. Qui eût cru que la coquetterie pût être poussée jusqu'à la sédition?

²⁶ On assure qu'un problême à résoudre a été donné aux architectes de l'Académie Morale de musique. Il s'agit de reconstruire le théâtre de manière à ce que le service puisse être assuré, sans que les femmes se rencontrent jamais avec les hommes, même dans les escaliers. Qui veut la fin, veut les moyens :

Et l'on verra bientôt l'hôtel Le Pelletier,
D'une odeur virginale embaumer le quartier.

²⁷ Arrêts du conseil, autrement dit de surséance, par lesquels toutes poursuites étaient indéfiniment suspendues. C'était fort agréable pour les débiteurs ; les créanciers en étaient probablement moins satisfaits.

²⁸ Jamais !... Ce mot est devenu célèbre : ce fut celui d'un homme d'État. L'homme de plaisir est plus sage ; la chanson dit :

Il ne faut pas dire, fontaine,
Je ne boirai pas de ton eau.

²⁹ Polis n'est pas le mot. Il y a plus que de la politesse dans ce que sa future Eminence a dit des Pères de la Foi rebaptisés jésuites. Elle a été jusqu'à la tendresse, jusqu'à l'admiration. *Voyez* la discussion à la Chambre des pairs, sur la pétition de M. de Montlosier.

³⁰ Le nonante-cinq de M. de Mérindol était comme d'autres palmes de Marathon pour M. de Kéranflec. Il s'est mis au pair par l'heureuse trouvaille de son *cuir bouilli*. Miltiade ne troublera plus le sommeil de Thémistocle.

³¹ Il est de mode aujourd'hui de nous parler de *nos libertés*. Je connais beaucoup d'honnêtes gens qui se contenteraient d'une. Il leur suffirait de *la liberté*.

³² . . . . . *Liquidis immisi fontibus apros.*

VIRG., Eclog. II.

Ibrahim-Pacha sait son Virgile par cœur.

³³ Rochet, sorte de surplis fin en dentelle, camail des archevêques et des évêques.

³⁴ Barette, petit bonnet rouge des Cardinaux.

³⁵ Libéral ; ce mot a deux sens. Dans l'ancien, il équivaut à prodigue : on est libéral de son argent et de celui d'autrui. Dans le nouveau, suivant l'un de nos plus spirituels académiciens,

    C'est un diminutif de libre.

³⁶ Moire. *Voyez ci-après*, note 42.

³⁷ C'est du Bulletin des Lois qu'il s'agit. *Voyez* Chambre des pairs, discussion sur la loi du Jury.

³⁸ Quelques-uns des nobles pairs ont trouvé, dit-on, que dans cette mémorable discussion (*voyez* la note 37), l'éloquence de Sa Grandeur a eu quelque chose de sibyllin, un faux air d'oracle. Des méchans ne manqueraient pas de dire que c'est parce qu'elle est obscure ; Ibrahim pense que c'est parce qu'elle était *inspirée*.

³⁹ M. Peyronnet a fait beaucoup de vers. Ce qui, dans ses œuvres, est le plus connu et a réuni le plus de suffrages, c'est son épître à Zelmire sur l'Indifférence. Voilà de la bonne école. Si tout ce que l'on écrit aujourd'hui était de cette force et de ce ton, Sa Grandeur n'eût certainement point songé à nuire à l'imprimerie.

⁴⁰ Un article du Moniteur inséré, par ordre, dans tous les autres journaux politiques, élevait fort haut la capacité et l'éloquence de M. le garde-des-sceaux. On prétend que M. Peyronnet est l'auteur de cet article.

⁴¹ C'est un ancien Romain fort ridicule assurément, qui eut la sottise de dire qu'il voudrait habiter une maison de verre, pour que le peuple pût être témoin de la pureté de toutes ses actions.

⁴² Simarre. Robe longue de soie ou plutôt de moire, qui donne beaucoup de grâce et d'éloquence à ceux qui en sont revêtus.

⁴³ Chemises. Une chemise est la partie la plus légère et la plus immédiate de nos vêtemens. M. Gorsas, de plaisante mémoire, n'en avait que trois; on connaît des géns qui n'en ont pas toujours eu autant.

⁴⁴ Dans tout le cours de la session législative, M. le président du conseil a beaucoup vanté sa franchise. Tout le monde y croit bien certainement; mais il y a un maudit proverbe : *Ce sont les voleurs qui parlent le plus de probité !*

⁴⁵ Personne n'ignore que M. Faure est le *chef* de M. de Villèle, c'est-à-dire le chef de sa cuisine, le chef de ses marmitons.

⁴⁶ On a imprimé que M. de Villèle pour faire emploi de ses économies, a acheté un petit domaine de 60,000 francs, et a pris dix ans pour le payer. C'est 6,000 francs par an, à raison de dix années de ministère. Voilà de l'intégrité.

⁴⁷   J'imite de Conrart le silence prudent.

                                   Boileau. Ép. I.

⁴⁸ *Compact* s'écrit *compacte* dans la rigueur étymologique de l'ortographe. Il en est de beaucoup de mots d'extraction latine comme des monnaies; ils conservent ou perdent l'empreinte primitive, suivant qu'ils sont entrés plus ou moins dans la circulation. On peut remarquer dans le nombre quelques adjectifs qui ont affecté l'*e* muet final dans les deux genres, pour répondre à la désinence en *us* : *Hyperborée, élysée, simultanée, instantanée, momentanée.* Les deux premiers ont

conservé l'*e* muet final ; le troisième mot encore peu commun est donné en premier lieu par l'Académie avec la désinence étymologique, mais elle ajoute : « Plusieurs écrivent *simul-* » *tané* au masculin. » *Instantané*, mot plus usité, offre une nuance de plus ; le dictionnaire le porte, d'abord sans *e* muet au masculin, mais il dit : « Quelques-uns écrivent *instantanée* » dans les deux genres. » Quant à *momentané*, devenu mon-naie courante, plus d'*e* muet au masculin ni comme règle, ni comme exception facultative. Ne peut-on trouver qu'il est temps que *compacte* rentre dans la loi commune et devienne *compact* au masculin, se réunissant à *exact, inexact, intact ?* On pardonnera au savant Ibrahim de l'avoir essayé, en par-donnant à la longueur de cette note, dans laquelle il ne faut voir que le désir de montrer un respect raisonné pour la grammaire.

> Qui sait régenter jusqu'aux rois
> Et les fait, la main haute, obéir à ses lois.
>
> Molière. *Femmes savantes*, act. 2 , sc. VI.

⁴⁹ Il est doux à l'auteur de donner cette marque d'estime au noble vieillard dont la Chambre des pairs a si dignement couronné le courage.

⁵⁰ M. Salgues est l'auteur de *l'Antidote de Mont-Rouge.* Cette attaque vigoureuse contre les jésuites tire une nouvelle autorité du courage déployé par l'auteur dans les dangers de la monarchie.

⁵¹ Jacobins. Lorsqu'il était appliqué par la terreur publi-que à ceux qui la faisaient naître, ce mot était une injure. Aujourd'hui, qu'il est appliqué par des fous ou par des sots aux amis de l'ordre constitutionnel et de la liberté légale, il devient presque un compliment.

¹² Les propositions condamnées dans Jansénius ne s'y trouvent point. Voilà pourtant la cause de bien longs débats entre ses partisans et ses adversaires : la dévotion est essentiellement disputeuse. Au surplus, les Jansénistes étaient les stoïciens de la théologie ; les Molinistes en sont les épicuriens.

¹³   Il en est jusqu'à trois que je pourrais citer.
                                   BOILEAU. *Sat. X.*

¹⁴   Romains contre Romains, parens contre parens,
      S'égorgeaient follement pour le choix des tyrans.
              CORNEILLE. *Cinna*, act. 1ᵉʳ, sc. II.

¹⁵ L'amendement, jusqu'ici poignard, est devenu un bâton d'aveugle : il frappe à tort et à travers.

¹⁶ Tu te fâches, donc tu as tort ; tu cries : La clôture ! donc tu n'as rien de bon à dire.

¹⁷ Les Turcs écrivent avec un roseau, et ce roseau se nomme *calam*.

NOTES

DE LA DEUXIEME PARTIE.

---

[1] La barbe de Mahomet et même celle de son père sont un objet de grande vénération pour les Musulmans, s'il en faut croire Robinson-Crusoé (*Voyez* 1er *vol., p.* 41).

[2] Ablution (*Abdest*). Elle est employée pour les souillures non substantielles. Les Turcs se trouvent l'ame tout-à-fait propre lorsqu'ils ont les mains bien lavées.

[3] Voir tous les journaux du 8 février.

[4] Pourquoi une note ici ? Ce sont *trois particuliers très-connus dans Paris.*

[5] Voir la discussion sur la loi du Jury.

[6] Voir les pétitions annuelles de cet officier. Ce sont autant de protestations contre un *précédent* funeste à l'armée.

[7] Il ne repousse point les pétitionnaires qui désirent que le clergé soit chargé de la rédaction des actes de l'état civil. Voir la séance du 17 mars 1827 (Chambre des députés), et notamment les discours des honorables MM. Preyssac et Breton.

⁸ Le P. Molina, dont la doctrine sur la grâce a fait tant de bruit dans l'Église, et qui soutient que *le pape peut déposer les rois, user contre eux* du glaive *temporel ;... que les ecclésiastiques sont exempts de la puissance civile,* etc., est le révérend jésuite qui a donné son nom à la secte illustrée par les billets de confession. (*Voyez* Iʳᵉ part., note 52.)

⁹ Le banc de face est celui du Ministère, à la Chambre des députés.

¹⁰ Introuvable. La Chambre de 1815 a été baptisée de ce nom. Quand viendra l'ordonnance ?...

¹¹ Peuple malade :

 Hippocrate dit oui, mais Galien dit non !

(REGNARD. *Légataire universel.*)

¹² Escobar, jésuite fameux. D'Escobar on a fait escobarder.

¹³ « Il faut donc faire des bassesses pour conserver son » pain ! — Hélas ! j'ai quatre enfans!... » Il est quelque chose de plus hideux à voir que les supplices du corps, ce sont les tortures de la conscience.

¹⁴ Fait historique.

¹⁵ Mot historique. (*Voyez* Iʳᵉ part., not. 44.)

¹⁶ Henri-le-Grand a fait le grand Sully. Ce ministre fut économe et sut résister à tout, même aux faiblesses de son adorable maître.

¹⁷ Malgré Charles IX et sa mère, la France a eu L'Hôpital, et par la fermeté de L'Hôpital, elle n'a point eu l'inquisition.

[18] Ce contrôleur-général des finances était d'Eglise comme Richelieu, mais il n'en avait pas la soutane rouge : aussi ne faucha-t-il que les rentes.

[19] Voir la présentation du projet de loi sur le droit d'Aînesse, par la candeur de M. Peyronnet. Sa Grandeur a eu le courage de railler les petitesses sauvages de l'amour paternel.

[20] Au Palais de Justice, le parquet est le lieu où se tiennent messieurs les gens du Roi, lorsqu'ils n'assistent pas aux audiences. Notre langue est pauvre. (*Voyez* 1re part., not. 17.)

[21] Voir un Quart-d'Heure de Colère, faisant suite à la Première aux Corinthiens, p. 39. Se vend à Paris, chez Ambroise Dupont, libraire, rue Vivienne, n. 16.

[22] Fleury (le cardinal), précepteur-ministre d'un roi.

[23] Du Barry (Madame), maîtresse du même.

[24] Montespan (Madame de), maîtresse d'un autre.

[25] La Chaise (le Père), confesseur de ce dernier.

On voit que le noble Pacha n'élève pas d'autels aux dieux inconnus.

[26] Auger (M.), secrétaire perpétuel de l'Académie, et auteur de notices.

[27] Roger (M. de), académicien et secrétaire-général des postes.

[28] Genoude (M. de), rédacteur en chef de l'Étoile.

[29] Bourdeau-Fontenet. Il fallait un point de comparaison.

les recherches les plus minutieuses ont prouvé que cet honorable député de l'Indre n'a jamais ouvert la bouche, à moins que ce ne soit à la table des ministres.

³⁰ « C'est une particularité assez remarquable que la Société de Jésus ait été fondée à Mont-Martre ; que son chef-lieu soit Mont-Rouge, et que le père La Chaise ait habité Mont-Louis. »

(SALGUES, *loc. cit.*, p. 7.)

³¹ Timour. Timur-Lenk, vulgairement appelé Tamerlan. Ce prince fut le fléau et la terreur du monde.

³² La loi sur le tarif des postes. « Les petits détails administratifs sont dominés par un intérêt supérieur. Au fait matériel se trouve mêlé le fait moral et politique. Il s'agit moins de convoiter les poids et les distances..... que de savoir s'il faut gêner ou encourager la circulation de la presse..... La question doit être résolue autrement que par des additions de *kilomètres*. »

(*Discours de M. de Châteaubriand,* séance de la chambre des pairs, du 10 mars 1827.)

³³ *Voy.* les séances de la Chambre des députés, Observations de M. de Villèle sur l'amendement de M. Hyde de Neuville. Aussi le *Journal des Débats* du 17 mars dit-il que M. de Villèle a été, dans la discussion de la loi de la presse, *haineux, violent, destructeur......* Quelle calomnie !

³⁴ MM. Vanpradt et Demanne sont les deux conservateurs de la bibliothèque où les sciences et les lettres ont leur sanctuaire. Cet établissement fait honneur à notre nation. Les

étrangers ne peuvent se lasser d'admirer la facilité qu'on y trouve pour obtenir tous les renseignemens possibles, et la grâce avec laquelle ils y sont communiqués.

35 « *Justum, ac tenacem propositi virum*

» . . . . . : . , ...

» *Si fractus illabatur orbis*

» *Impavidum ferient ruinæ.* »

HOR., liv. III, ode 3.

36 *On dit.* Ces on-dit sont partis d'une source fort élevée, se sont répandus dans les salons et ont été répétés dans les journaux.

37 On dit proverbialement : Frapper un coup sur la caisse et un coup sur le tambour.

38 Oui ! mais il a coupé une oreille à la liberté.

39 « Je vous ferai voir ce que c'est qu'un prêtre. » OEuvres de La Mennais.

40 Les Bessière, les d'Eguya, les d'Eroles de la Lusitanie.

41 Le Bon père Cyrille. Cirilo de la Méda, général des Cordeliers, commandant dix à douze mille hommes de son ordre. Voir les Mémoires d'Ouvrard, 2e part., pag. 32 et 146, et tous les papiers publics.

42 « Antonio Maragnon, dit le Trapiste, dont on a beau- » coup parlé, était une espèce de tambour-major à cheval. »

OUVRARD, *loco citato*, p. 32.

Il n'est pas mort sans avoir été en France le héros d'un poëme épique. *Voy.* les OEuvres de M. le comte Alfred de Vigny.

⁴³ Andujar. Personne n'ignore l'ordonnance qu'y rendit Monseigneur le Dauphin. La sagesse de S. A. R. ne paraît pas avoir eu l'approbation de LL. EE.

⁴⁴ Historique. *Voy.* le Journal des Débats du 7 février. Sept de nos huit ministres on dansé, s'ils l'ont voulu. De son côté, M. d'Apponi joue au wist : chacun prend son plaisir où il le trouve.

⁴⁵ Ibrahim est modeste ; il a envoyé jusqu'à des têtes !

⁴⁶ Caftan. Robe d'honneur, récompense turque. *Voy.* 1ʳᵉ partie, note 20.

⁴⁷ Ne pourrait-on soumettre aussi à l'examen de cet homme habile les protubérances ministérielles, afin de connaître au juste ce que renferment de génie et de vertu les huit crânes qui gouvernent la France ?

⁴⁸ Voir les premières séances de la session actuelle, à la Chambre des représentans. Les représentés semblent avoir été beaucoup moins sensibles aux paroles de l'honorable gentleman, qui dirige les affaires anglaises dans l'intérêt de toutes les libertés.

⁴⁹ *Voy.* le message du Président des États-Unis du Mexique du 1ᵉʳ janvier dernier, Courrier français du 12 mars.

⁵⁰ Serment de don Miguel à la Charte octroyée par don Pedro son frère. Cette Charte lui donne un trône.

⁵¹ Et une femme ; mais dona Maria da Gloria est un enfant. C'est sa nièce. Et les dispenses !... Dans le bon temps où la cour de Rome s'occupait fort du lit des rois, qu'auraient fait les Grégoires et les Innocens ?

⁵² Les Zégris étaient une famille de chevaliers maures, rudes joûteurs, mais envieux et moroses.

⁵³ Les Abencerrages, au contraire, étaient la fleur et la grâce des chevaliers de Grenade.

⁵⁴ Qui ne sait l'usage qu'on en fit au pied de l'échafaud de Louis XVI ? Ces tambours-là étaient aussi des bâillons !

⁵⁵ J'en vois un d'ici.... je le nommerais!... mais l'horreur doit se taire devant la prudence.

⁵⁶ Il y a beaucoup de fleuves dont les débordemens sont fertiles. Ibrahim a vu le Nil.

⁵⁷ C'est l'Aria Cattiva! elle a dépeuplé une grande partie de l'ancienne capitale du monde.

⁵⁸ Les Marais-Pontins et la campagne de Rome!... c'est la misère et la mort ! *O peuple* dominateur de l'univers,

Quantum mutatus !!!

NOTES

DE LA TROISIEME PARTIE.

¹ Aux généreux maîtres des ports de l'Adriatique dont les vaisseaux *chrétiens* ont escorté les convois *turcs* : sans doute aussi l'Observateur autrichien : Ibrahim est reconnaissant pour ses auxiliaires.

² *Voy.* (Mémoires d'Ouvrard, 2ᵉ part., pag. 17) l'hommage rendu à ce général des soldats de la Foi.

³ Si l'on veut de plus amples renseignemens, les demander à S. Ex. Sidi-Mahmoud, envoyé du bey de Tunis. *Voy.* la Première aux Corinthiens (pag. 6). Se vend chez Ambroise Dupont, libraire, rue Vivienne, n. 16, à Paris.

⁴ « Rives de l'Aveyron, quels hommes tu as enfantés ! la
» France aura-t-elle assez de trésors pour éteindre leur soif
» inextinguible? Sept sont décorés de la mitre ; cent autres
» se sont partagés les fonctions, les charges, les emplois les
» plus bonorables et les plus lucratifs, et il n'est pas jusqu'à
» une femme sortie des *Lupanars* de ta capitale qui n'ait eu
» sa part des trésors de l'Etat. »

(Salgues, *Antidote de Mont-Rouge*, pag. 377.)

Le ciel défend de vrai certains contentemens,
Mais il est avec lui des accommodemens.

(MOLIÈRE, *Tartufe*, acte 4, scène 5.)

[6] Les gens portant hache peuvent être tranquilles ; ils ont leur intercesseur dans le ciel.

[7] « La création d'une espèce de *chambre étoilée* dans le sein
» de la chambre des députés est l'une des conceptions les plus
» extraordinaires qui puissent se présenter à la pensée......
» La Convention ne l'aurait pas inventée. » Journal des Débats du 17 mars, au sujet de la proposition de M. de La Boessière.

[8] C'est surtout en matière de finances que l'examen est fâcheux. Cela cause des retards.

[9] Précédent établi à l'occasion du *très-honorable* M. Manuel. Par l'autorité de ce précédent, les majorités pourront, un jour, évincer les minorités. L'invention remonte plus haut. L'honneur en est dû à la Convention nationale. Le noble et vénérable pair que la France vient de perdre, Lanjuinais, subit aussi son ostracisme. L'histoire, qui a recueilli cet attentat, l'a flétri du nom du 31 mai. *Voyez* Lacretelle jeune, *Précis historique de la Révolution*, page 273 et suivantes, deuxième édition, 1806.

[10] *Empoigner.* Le laisser-aller du mot a paru, dans le temps, peu d'accord avec l'énormité de l'acte et la gravité du lieu. Lorsque les *Gens d'armes* sortaient autrefois de leurs donjons, ils n'empoignaient point les passans, ils ne faisaient que les détrousser.

[11] *Panurge. Voyez* Rabelais, dans Pentagruel.

[12] Historique.

¹³ Vraisemblablement *sainte Anne d'Auray*. Les saints des jésuites sont les plus à la mode. --

¹⁴ « Au milieu des plus grandes horreurs de la révolution
» la liberté de la presse fut aussi enchaînée ; Robespierre se
» livra contre elle aux plus violentes déclamations. »

(SALGUES, *Antidote,* page 242.)

¹⁵ La Ménippée. Satire qui concourut puissamment au bien des affaires du bon Henri, en jetant, à pleines mains, le ridicule sur la Ligue. Elle contient, entre autres choses, un tableau fort curieux de la procession *jouée* (c'est le mot de la satire) militairement par les prêtres et moines ligueurs, le 10 février 1593. On y remarque aussi le passage suivant :

« Tu iniuries ces pauvres iésuistes qui ont apporté tant
» d'vtilité au monde et en la deffence de la religion, et en
» l'instruction de la ieunesse. Tu les veux chasser du royaume,
» et le Roy les veut auprès de sa personne ; tu en blasmes la
» doctrine, le Roy l'escoute ; tu en deffends la conversation, le
» Roy la désire ; tu conseilles qu'on démolisse ceste belle
» société, le Roy leur fait édifier des colléges ;.... tu leur
» veux oster la vie, et le Roy leur donne son cœur et son
» effigie ;.... et pourquoi tout cela ? pour enuie ! »

(Édition de 1604, page 123.)

¹⁶ Les bons pères ont bien arrangé la Marseillaise en cantique.

¹⁷ *Et exultabitur terra !*

¹⁸ PRÉVENIR pour RÉPRIMER. Découverte grammatico-politique dont le ministère actuel a hérité. Elle appartient à M. l'abbé Montesquiou.

¹⁹ *User et abuser*. Cette découverte-ci est la propriété de M. Fadatte de Saint-Georges. *Voyez* son rapport sur les éternelles pétitions.

²⁰ Fumée. M. Guyon a beaucoup de flamme. Cet athlète dévot est la terreur des bibliothèques et l'espoir des imprimeurs.

²¹ Purgera. Les révérends pères, inventeurs des *expurgata*, ont déjà purgé Boileau. L'évacuation a été copieuse ; tout ce qu'il avait de généreux est parti : le Sujet est resté en langueur. *Voyez* les *Jésuites modernes*, art. *Loriquet*, page 108.

²² La loi y prêtait. Il y a plus de gens *timbrés* qu'on ne pense.

²³ Historique. *Voyez* la discussion.

²⁴ M. de Châteaubriand. Aussi a-t-il été exclu du ministère.

²⁵ Béranger. Aussi a-t-il été mis en prison.

²⁶ L'étude en plein vent est un scandale. N'avons-nous pas les chapelets ?

²⁷ Tels que la croix de lumière apparue à Migné, en Poitou : constatée par procès-verbal. — Le huguenot englouti au pied de la croix de saint Jean-des-Bois : constaté par complainte.

²⁸ C'est de la *Gazette de France* qu'il s'agit.

²⁹ C'est le format seul qui blesse M. de Villèle ; il a rendu justice au mérite de l'ouvrage : dont acte.

³⁰ La poire d'angoisse est le plus héroïque de tous les bâillons. C'est la menotte de la parole.

³¹ Des missionnaires et des comédiens!! cela hurle de se trouver ensemble. *Voyez* le procès des jeunes gens de Brest.

³² *Voyez* le même procès. M. de Kéranflec y a acquis beaucoup de gloire. M. de Kéranflec est procureur du Roi.

³³ La charge à la baïonnette sur le parterre de Brest est un fait d'armes fort brillant et devenu célèbre. Toutefois on assure que ce n'est point à cette charge que le colonel du régiment étranger a dû son bâton de maréchal de France.

³⁴ Jefferies, Torquemada. Qui ne connaît l'ami de Jacques II et le parangon des inquisiteurs espagnols? La pos-. térité a réuni dans une estime commune les noms de ces deux hommes de FEU.

³⁵ « Le P. Coulon... poursuivit avec une haine dissimulée
» tous ceux qui ne vinrent pas lui faire la cour à Forcal-
» quier.... On m'a assuré que le jésuite Coulon a fait brûler
» *en effigie* M. Brault (sous-préfet), le jour de son départ,
» en attendant qu'il pût le faire en personne. Au reste, j'ai
» moi-même entendu le P. Coulon et tous les jésuites·des
» Basses-Alpes, et tous ne parlaient qu'avec horreur du res-
» pectable M. Brault, qui honora toujours la magistrature
» et les lettres. »

(*Les Jésuites modernes,* par l'abbé de la
Roche-Arnaud, page 37.)

³⁶ Actes de foi. Auto-da-fé!!

³⁷ Coins de fer. (*Extrait d'une pièce inédite à la Torture.*)
C'est toi qui te plais aux folies
Dignes du Cannibale autour des noirs poteaux,

Aux soupirs aigus des poulies,
Au choc retentissant des coins et des marteaux,
Au bruit du chevalet et de sa corde infâme,
Au craquement des os, au sifflement de l'air,
Aux pétillemens de la flamme,
Aux déchiremens de la chair.

Et, comme la pierre glacée,
Tu restes insensible aux larmes, aux tourmens,
A la convulsion forcée,
Aux hoquets de l'angoisse, à ses mugissemens.
Que dis-je ? la fureur de ta lâche ironie
Calcule, en mesurant un détestable effort,
Jusqu'où peut aller l'agonie,
Pour n'aller pas jusqu'à la mort.

L. BRAULT.

³⁸ Les Dominicains. Pourquoi les Jésuites n'auraient-ils pas leur survivance ?

³⁹   ISABELLE.

. . . . . Peut-on voir souffrir des malheureux ?...

DANDIN.

Bon, cela fait toujours passer une heure ou deux.

(RACINE , *Plaideurs*, scène dernière.)

⁴⁰ « Et attendu l'insomnie et les angoisses des sentenciés et
» la fatigue et le travail des religieux et des familiers qui les
» assistaient, la prévoyance du tribunal (l'inquisition) avait
» fait une grande provision de biscuits et de chocolat, de con-
» fitures et de rafraîchissemens, pour l'encouragement et le
» secours de qui pourrait en avoir besoin. » (*José del Olmo*,
p. 54, voir ci-après, n. 44.)

⁴¹ M. de Sallabéry le prétend.

⁴² C'est l'opinion de M. de Bonald.

⁴³ « Les Inquisiteurs très-affectueux pour les criminels qu'ils
» livrent *au bras séculier* et qu'ils recommandent charitable-
» ment au Corrégidor, avaient envoyé, la veille du supplice,
» la liste des condamnés à ce magistrat, afin que le bûcher
» fût garni du nombre nécessaire de poteaux, de colliers de
» fer, etc., et qu'on eût à se pourvoir de bourreaux en quan-
» tité convenable. » (*V*. la note ci-après.)

⁴⁴ Pour tous les détails d'un *auto-da-fé*, *voyez* la relation
historique de José del Olmo déjà citée. Rien de plus complet,
ni de plus naïf. On croit assister à ce touchant spectacle.

⁴⁵ Exact. *V*. la note ci-dessus. On ignore si le malheureux
Ripoll brûlé tout récemment à Valence, par un petit coup
d'essai, avait été paré du galant san-benito.

⁴⁶ Non! si l'on en juge par sa légitime horreur pour le pa-
triarche de Ferney.

⁴⁷ *C'est sitôt fait!* ce mot bénin est historique; mais il ne
s'agissait que du poing coupé. Discussion sur la loi du sacrilége.

⁴⁸ *L'étrier impérial*. La politique turque est toujours à cheval. Peut-on s'étonner qu'elle aille si vite?

⁴⁹ Ceindre ses reins. Expression toute orientale. (*V*. la
Bible.

> ⁵⁰ Et je verrais mourir frère, enfans, mère et femme,
> Que je m'en soucîrais autant que de cela.
>
> (Tartufe, act. 1ᵉʳ, sc. VI.)

⁵¹ Portrait. Les jeunes élèves de la rue de Clichy en ont

été témoins. Les débats parlementaires leur sont également familiers; ils y ont assisté en corps et dans une tribune : ces deux circonstances peuvent expliquer l'ouvrage qu'on vient de lire. On connaît la rapidité de la correspondance ailée des Orientaux. La poste de M. Roger n'est point encore aussi rapide.

⁵² Les Chartreux gardaient un silence perpétuel : mais leurs supérieurs parlaient !

⁵³   Le temps présent est l'arche du Seigneur.

                          VOLTAIRE.

⁵⁴ M. Delavau, cependant, n'est point plaisant du tout.

⁵⁵ « N'a-t-on pas vu déjà un écrivain accouplé à des galé-
» riens et renfermé dans les cachots de la plus basse espèce
» de scélérats. Il y a des esprits austères (MM. Dudon et
» Peyronnet) qui approuvent ces choses ; moi, je ne saurais
» m'élever à tant de vertu. Partisan de l'égalité des droits, je
» ne vais pas jusqu'à désirer l'égalité des souffrances. »

    (*Discours de M. de Châteaubriand.* Chambre des pairs,
    10 mars.)

Remarquons que si M. de Châteaubriand est pair de France, il est aussi écrivain. Esprit de métier !

⁵⁶ Sa Sainteté a tout récemment ordonné des prières publi-ques pour les dangers de l'Eglise. Il n'y en a point eu de pres-crites pour les périls de la liberté.

⁵⁷ Le P. Godinot a été nommé *Provincial* de France, à la place du P. Richardot. (*V. les Jésuites modernes,* p. 70.)

⁵⁸ C'est sans doute du P. Fortis qu'Ibrahim veut parler. La

réforme et l'examen ne peuvent avoir de plus cruel ennemi que le *général* des jésuites.

[59] La conduite de ce magistrat-député a été exemplaire. Le Calife de Mont-Rouge tenait la récompense toute prête, et l'honorable orateur a sans doute été décoré de la *robe.... courte.*

[60] « Enfin, que deviendraient les peuples, si ceux qui les
» gouvernent, séduits par les jésuites, aveuglés par la supers-
» tition et la crainte de l'enfer, se faisaient jésuites de *robe*
» *courte* et prononçaient le *quatrième vœu,* comme quelques
» personnes *croient que Louis XIV l'avait fait.* »

(SALGUES, *Antidote,* p. 214.)

« Malheureusement Louis XIV, plus dévot que religieux,
» n'eut point la piété d'un Roi. Subjugué par des prêtres, il
» emprunta leurs passions qui altérèrent jusqu'à sa probité.
» Suivant le témoignage du duc de Saint-Simon, on eut des
» raisons légitimes de croire que des *laïcs l'avaient affilié*
» *à la société des jésuites.* »

(LEMONTEY, *Monarchie de Louis XIV*, p. 417.)

[61] Il y a précédent. *Voy.* les processions du Jubilé. *Voy.* les journaux du temps.

[62] « Le roi de Sardaigne porte l'oubli des grandeurs jus-
» qu'à substituer à son manteau royal le manteau d'Ignace.
» Il entre dans la Compagnie et se soumet à tout ce qu'elle
» voudra lui imposer. Son rang, son âge, ses vertus, tout se
» recommande à leur respect ; quel témoignage lui en don-
» nent-ils ? ils le font portier de leur couvent ! »

(SALGUES, *Antidote,* pag. 208.)

[63] C'est l'avis de M. de Corbière

⁶⁴ « Le père Cotton devient confesseur d'Henri IV et se
» rend complice de Ravaillac, assassin de ce prince, qu'il
» exhorte dans la prison à ne point accuser les gens de bien. »
Les Jésuites démasqués, pag. 35.

(Salgues, *Antidote*, 173, 178 et 183.)

Girard, fameux par son procès avec sa pénitente mademoi-
selle Lacadière.

Mingrat, connu par un arrêt de Cour d'assises et l'acte qui
y a donné lieu.

⁶⁵ Voilà déjà un jugement de l'official de Paris, sous la
date du 26 juillet. C'est un commencement !!!

    « Vos pareils à deux fois ne se font pas connaître
    » Et pour des coups d'essai veulent des coups de maître. »

              Corneille. *Le Cid.*

NOTES

DU POST – SCRIPTUM.

---

¹ Litanies. « Nous avons le Saint-Siége vacant, les jésuites
» disent leurs litanies. » (Salgues, *Antidote*, pag. 135 et 136.)
Voy. Institution de litanies chez les jésuites, et leurs effets;
les Jésuites démasqués, pag. 141.

² « Monsieur, où courez-vous ? c'est vous mettre en danger,
» Et vous boitez tout bas.

DANDIN.

Je veux aller juger.

(Racine, *Plaideurs*, acte 2ᵉ, scène 13.)

³ Historique.

⁴ Historique.

⁵ Historique.

⁶ Et il a raison. « La popularité n'est qu'une *impérieuse
prostituée.* »

7 « Le ministère doit être content ; il a clos les débats sur
» la loi de la presse, d'une manière digne d'elle et de lui.
» Il l'a terminée en promettant aux écrivains qui encour-
» raient des sévices judiciaires, le travail forcé et la che-
» mise officielle des malfaiteurs..... Il *a appliqué* les littéra-
» teurs aux travaux des maisons de correction, il *les y ap-*
» *plique*, il les *y appliquera..... La Convention se contentait*
» *de les tuer comme des rois!* » (Journal des Débats, 18 mars.)

Un ministre a paru vivement affecté de cette dernière
phrase, et le journal officiel, après avoir énuméré les persécu-
tions souffertes par Sa Grandeur, s'écrie : Que faisait alors
l'auteur de l'article? « Il têtait! » a répondu un homme d'in-
finiment d'esprit. Mot vrai et profond! c'est qu'en effet cette
jeunesse, que sa naissance a faite étrangère à la révolution,
est plus particulièrement opposée à tout ce qui tend à en
ramener les horreurs.

Nota. La Révolution est le *Pitt* et *Cobourg* du ministère !

8   *Viamque affectat Olympo.*
                              VIRGIL., Ænéid.

9 C'est, *l'épée à la main,* qu'il aurait fallu dire : il n'y a,
après tout, que la différence d'un bouton.

10 Historique.

11 *Voy.* la discussion sur la motion de sir Francis Burdett,
relativement à l'émancipation des catholiques irlandais.

12 Les malveillans prétendent que la peur des jésuites en
est la cause. O abomination de la désolation !

[13] M. Peel, ministre de l'intérieur en Angleterre. Il n'a point laissé aux nobles pairs anglais le soin d'améliorer l'institution du jury.

[14] Ibrahim pourra se tromper : il est du pays des faux prophètes, et tout fait croire que les pairs de France lui gardent un bon démenti.

[15] *Voyez* le *Typus Religionis*, estampe gravée du fameux tableau trouvé dans l'église des jésuites de Billom, en 1762. Depuis 1762 le vaisseau des jésuites a fait bien du chemin !

[16] Dévouement passif au général des jésuites. *Voyez* note 17.

[17] Obéisssance absolue au général des jésuites. *Voyez* note 16.

[18] Le jardin des Tuileries est planté de marronniers.

[19] Porte d'Enfer. C'est le chemin de Mont-Rouge.

[20] Sur le soir, « M. de Ravignan.... alla sûrement à Mont-
» Rouge dans la voiture d'un grand personnage de la con-
» grégation. C'est ici le lieu de remarquer que les hommes
» de loi qui se font jésuites ne le font qu'à *l'ombre du mystère.*
» M. de Ravignan ne va chez eux qu'en se cachant. M. de
» Tinseau, avocat à la Cour royale de Besançon, se dérobe
» à la vue du public.... et M. de Villefrancon, son arche-
» vêque, le conduit secrètement à Mont-Rouge dans sa pro-
» pre voiture. Il est donc bien honteux de se faire jésuite,
» puisque ceux qui veulent l'être (de robe longue ou courte)

» se couvrent du voile du secret, et, comme les conspira-
» teurs, s'enveloppent des *ténèbres de la nuit.* »

(LA ROCHE-ARNAUD, *Jésuites modernes,* page 144.)

Cet abbé de la Roche-Arnaud a trahi les secrets de l'école...
Apostat!!!

21 Cloître-palais. Mont-Rouge.

22 *Pudeur chrétienne.* Elle est poussée au point qu'on assure que la nudité des anges n'est plus tolérée, et que les
peintres ont eu ordre de mettre des chemises aux chérubins.

www.ingramcontent.com/pod-product-compliance
Lightning Source LLC
Chambersburg PA
CBHW060840250626
47162CB00005B/2125